ギルドの受付嬢は定時上がりの夢を見る

まきろん
illust れんた

TOブックス

CONTENTS

illust: れんた
design: おおの蛍（ムシカゴグラフィクス）

guild no uketsukejou ha

TEIJI AGARI no yume wo miru

今日も安定の残業です

ギルド。

それは、冒険者と呼ばれる職業の者達が、仕事を探しにくる場所であり、その冒険者達に仕事を依頼する者たちが集まる場所である。

受付嬢。

それは、ギルドにやってくる冒険者達に、依頼人達の仕事を斡旋《あっせん》したり、仕事の結果報告を聞いたり、仕事の報酬を渡したりする、ギルド職員の女性を指す。

「ま、また上がれなかった……」

王都から最も離れた場所に、モルトと呼ばれる街がある。この街にはギルドが四つ存在し、東西南北それぞれの区画に一つずつ置かれている。その中の一つ、街の東にあるモルト第一ギルドで、一人の受付嬢がカウンターに突っ伏して嘆いていた。

「ホント……毎日飽きないわね」

隣にいた綺麗な金髪ロングヘアの受付嬢が、ため息混じりに隣の少女に言った。

「ルー、飽きるとか、そういう事じゃないっていつも言ってるでしょ？　ていうか、残業したくないって、みんな普通思うでしょう？」

顔を上げて少女が言うと、ルーはまた、呆れたような表情を浮かべた。

「……シエラ。あんた、なんでこんなとこの受付嬢なんてしてるのよ」

「んなもん、こっちが知りたいわ」

心底不思議そうな顔でシエラを見るルーに、彼女は絶望したように顔を手で覆いながら、小さく呟いた。

至ってごく普通の、小さな村のとある夫婦のもとに、シエラは長女として誕生した。ごく普通の村人である両親のもとで、特にこれといった問題も不自由もなく、すくすくと育っていった彼女は、小さな村の学校を卒業したところで、働き口として紹介された、村から少し離れた町にある、小さなギルドで受付嬢となった。

元々、町自体がそこまで大きいわけでもなく、また、近隣に迷宮《ダンジョン》等があるわけではないので、町のギルドでの仕事がもちろん毎日ありはするものの、忙しなく日々を送らなくてはならない、なんてことは全くなくて、あの頃のシエラは、このままゆったりと仕事をしながら、ほどほどのお給料をもらって、のんびりと暮らしていけるものだと、そう、思っていた。

だが。

ある日、モルトの各ギルドの職員があまりにも不足している、という理由で、国中の中規模以下のギルドから、職員が集められることが、ギルドを総括している、中央ギルドで決まった。

そして、不運にも、モルトのいずれかのギルドへの異動者として、シエラは選ばれてしまった。

理由は単純明快。

彼女が一番下っ端で、（もちろん）独り身で。転勤を伴っても何ら問題がない。そんな人物は、彼女が所属していたギルドとその近隣のギルドを含めて探してみても、シエラしかいなかったからだ。

「私は、生活できるだけの稼ぎさえあればよかったのに！　残業なんてしたくないのに！」

ダンダン！　と机を叩くシエラ。

「あのー……」

そんな彼女に遠慮がちに声をかける存在がいた。慌ててガバッと顔を上げると、そこにはうさ耳をへにゃっと垂らした少女が立っていた。

「スミレちゃん、お帰りなさい。薬草、見つけられた？」

「お、遅くなってごめんなさい……」

シュンとなるスミレに、シエラは慌てて、違う違う！　と首を振った。

「スミレちゃんは全然遅くないよ！　だってまだ十八時だもの。ちゃんと暗くなる前に、戻ってきてくれるし、なんの問題もないよ！」

若干、手遅れ感が否めないながらも、スマイルをばっちりと張り付けてシエラが言う。

「みんな、スミレちゃんみたいに遅くなる前に戻ってきてくれたらいいのに……」

小さくため息をつきながら、カウンター越しにスミレの頭をなでる。スミレは小さく、少し、照れくさそうに笑った。

「あ、これ。今日採ってきた薬草です」

スミレはおずおずとカバンから三種類の薬草の束を取り出し、カウンターへ置いた。

「それじゃ確認するね」

そう言うと、シエラはそれぞれの束を鑑定していく。どれも丁寧に採取されているので品質も問題は無く、他の薬草が混ざってしまっているということもなかった。

「……はい、問題ありません！　薬草、スズナ草、セリナズ草、それぞれ五束ずつ確認しました。依頼達成です」

シエラは引き出しから袋を取り出し、カウンターに置くと、中からお金を取り出して並べていく。

「薬草五束分で銅貨五枚、スズナ草五束分で銅貨十枚、セリナズ草五束分で銅貨二十五枚、合計で銅貨四十枚です。確認したら、ここに受け取りのサインをしてくれるかな？」

シエラの言葉に、スミレはこくりと頷き、小さな手で銅貨を数えていく。枚数に間違いが無いことを確認し、手渡されたペンで署名をした。

「はい、これで今回の依頼は完了です！　また、依頼受けにきてね？」

ニコッとシエラが笑うと、スミレも小さく微笑んだ。


スミレを見送った後、事後の事務処理を行いながら、シエラはちらりと壁に掛けられた時計に目をやった。

「……今日はいつも以上に遅いなぁ」

はぁ、とため息をつきながら、机に常備してあるヒマルの種をポリポリと食べる。時刻はもうすぐ二十一時になろうとしていた。

「依頼の期日が今日までだから、今日には戻ってくるはずだし」

うーん、とシエラが唸っていると、バン！　と大きな音をたてて、ギルドの入り口のドアが開いた。

「ごめーん、シエラちゃん！　遅くなったぜ！」

入ってきたのは、シエラが待っていた、冒険者パーティーの三人組だった。おせぇ、とぼそりと呟くシエラだったが、顔にはいつもと変わらないスマイルが張り付けられていた。

「いやー、今回は大物だったから大変だったぜ！」

「大物だから大変だったのもあるけど、そもそもアンタが道を間違えたせいで時間食ったんでしょうが！」

「まぁ、ロイを先行させてしまった僕たちも悪いですよ、ミシェーラ……」

「なんだよ、ルカまで。いいじゃねーか、おかげで獲物もちゃんと見つけたし、他にだって……」

「はいはい、わかったわよ！　とにかく、シエラちゃんがこわーい顔してるから、早く報告済ませてきてよ！」

ギャーギャーと騒いでいる三人をジト目で見ているのに気づいたミシェーラが、ロイに促す。

「おぉっとごめんな！　ついでに獲物の買取もお願いしたいんだが」

ロイの言葉に、シエラは一瞬、顔が引きつった。内心、この時間に買取ですって⁉　と残業延長確定に心の中で号泣するも、平静を装い、ではこちらに、と、買取カウンターへと促した。

「今日の依頼はジャイアントボアの群れの討伐だったかと思いますが、もしかして……」

ここで大量のジャイアントボアの買取査定が発生したら、今日中に帰れないのでは？　と嫌な予感を覚えつつ、シエラが恐る恐る聞く。

「あ、ジャイアントボアに関しては数が多すぎて持ち帰れなかったからな、回収は別で手配してある。たぶん、後で持ち込まれると思うけど……これ、証明部位の牙な」

そういって、カウンターに牙が二十本、どさっと置かれた。

「二十頭もいたんですか。……ちょっと想定以上に多いですね」

眉を顰《ひそ》めるシエラに、ロイが、数が多くて面倒だった、とけらけらと笑う。

「今お願いしたい買取はそっちじゃなくて……こいつだ！」

カウンターにドン、と出したのは大人の男性の顔くらいのサイズの鮮やかな色をした卵だった。

「ま、まさか……」

その卵の色を見て、嫌な予感を覚えたシエラはすぐさまその卵を自身のスキルで鑑定する。そして、その結果に、思いきり顔が引きつった。

「おう、ビッグ・ドードーの巣を偶然見つけてな！　持って帰ってきた！」

「あほーーーー!!」

シエラの大声がギルド内にこだまする。

「ちょ、ちょっとシエラ、何ごと!?」

ちょうど帰り支度を済ませたところだったルーが、その声を聞いて、慌てて裏から出てきた。

「ルー！　まだジェルマさん、執務室にいたよね!?　今すぐに呼んできて！　早く！」

顔面蒼白になりながら叫ぶシエラに、ただ事ではないと悟ったルーは、慌ててわかった！　と答えて走り去る。

「え？　どうしたの、シエラちゃん」

一体何事？　と不思議そうな表情を浮かべているロイ。

「どうしたもこうしたもないですよ！　なんてもの採ってきてるんですかぁ！」

キッとロイを睨みつけるシエラに、ミシェーラが首を傾げた。

「……一体、どうしたの？」

何もわかっていない三人に、シエラは泣きそうになりながら答えた。

「この卵は、ビッグ・ドードーの卵じゃありません！　コッカトリスの卵です！　色は似ていますが、ここにある大きな波模様はビッグ・ドードーの卵には無く、コッカトリスの卵の特徴の一つなんですよぉぉ！」

シエラは卵の中心辺りで上下の色の違いでできている波模様を指しながら叫んだ。その内容に、ミシェーラとルカの顔から、一気に血の気が引いていく。

「シエラ、ジェルマさん呼んできたよ！」

「なんだなんだ、一体。騒々しいな、こんな時間に」

二階から降りてきた二人に、シエラは卵を見せた。ルーは首を傾げただけだったが、ギルドマスターであるジェルマは、その卵を見て眉をピクリと動かした。

「おい、なんでそんなもんがここにある」

ジェルマに言われて、シエラは『剛腕の稲妻』の三人が持ち込んだものだ、と説明をした。

「よりにもよって、コッカトリスかよ……。おい、待て。確かこいつらのランクは……」

「ロイさんとミシェーラさんはB、ルカさんはCです」

シエラの答えに、ジェルマは特大のため息をついた。

「……じゃ、これ、誰が返しに行くんだよ」

ジェルマの呟きに、ロイが目を見開き、反応する。

「え？　ちょ、ちょっと待ってくれよ！　せっかく持ってきたのに、返しに行くってなんでだよ！」

ロイの言葉に、隣に居たルカが今度は目を見開く。

「何言ってるんですか、ロイ？　これ、コッカトリスの卵だって二人が言ったじゃないですか！」

驚いて聞くルカに、ロイは怪訝そうな表情を浮かべて答える。

「だから、コッカトリスの卵だったからってなんで返す必要があるんだよ！」

ロイの言葉に、今度はシエラが目を見開いた。

「ちょ、ちょっとロイさん？　コッカトリスのこと、知ってますよね？」

シエラの問いに、ロイは頷く。

「もちろん、知ってるさ！　石化魔法を使ってくる厄介なでかい鳥だろ？」

その回答に、思わずシエラは「それだけ？」と頬を引きつらせる。

「……え、魔獣講習、ちゃんと受けましたよね？　コッカトリスの習性、ちゃんと教わってるはずですよね？」

「習性……？」

頭にはてなマークを飛ばしたような顔のロイに、ミシェーラがため息混じりに答えた。

「ロイ、コッカトリスは自分たちの卵を盗まれるのが何よりも一番嫌いだって、習ったでしょう?」

「だから、コッカトリスの卵に手を出してはいけない、とも習ってますよ……」

コッカトリスは凶暴な魔獣ではあるが、基本的に人が彼らの領域を侵すことをしなければ、向こうから襲ってくることは滅多にない。だが、彼らの卵を盗んだりして怒りを買うと、その怒りが収まるまで、どこまでも追いかけてきて、攻撃をし続ける。そして厄介なのは、その怒りが消えるまで、怒りの対象は、彼ら以外のすべてに向けられる、ということだ。過去にはそれで、町が一つ、消えてなくなった、とすら言われている。

「あ……」

仲間二人の言葉を聞いて、ロイは漸《ようや》く、今の状況をきちんと理解した。

「ただの討伐ってだけなら、『剛腕』の方々でも対応いただけると思いますが……卵を盗まれて激高状態のコッカトリスの相手は、さすがにBランクパーティーでは手に余ります。そうなると、打てる手は限られてしまうので……」

そういって、シエラはジェルマをちらりと見る。そこには　不機嫌オーラ全開のジェルマの姿があった。

(うーわー……、超嫌そう……)

しかし、これ以外に今すぐ採れる方法が他にないから仕方がない、と、シエラは小さく息を吐くと、パンと手を叩いた。

「とりあえず、『剛腕』のメンバーは今日はもうお帰りください。ジャイアントボアの討伐の報酬は、明日、朝一でお渡しします」

シエラが言うと、困惑した表情で彼らは互いの顔を見やる。

「で、でも」

彼女の言う通りにしていいのか、そんなことでいいのかと心の中で葛藤しながらロイが口を開く。

だが。

「コッカトリスの卵の対応は一刻を争います。ここでグダグダ言い合ってる暇はないんです」

シエラはぴしゃりと言った。

「ルー、申し訳ないんだけど、ギルドの施錠をお願いしていい？　……ギルドマスター《ジェルマさん》、逃げようとしないでください。ほら、お仕事です、行きますよ」

逃亡を図ろうとするジェルマの首根っこを捕まえて、シエラは卵も持って、裏へと引っ込んでいった。


制服から作業着に着替えたシエラは、卵が割れてしまわないように、布で厳重にくるんで体の前でしっかりと固定した。万が一にも卵が割れてしまえば、それこそ、激高状態のコッカトリスを落ち着かせる術が完全になくなってしまうからだ。

「……わかってると思うが、卵だけは絶対に、何があっても割るんじゃないぞ」

「わかってますよ。私だってまだ、死にたくないですからね……」

ブツブツと二人で文句を言いながら、ジェルマの執務室にあるゲートの前に立つ。ジェルマがゲートの設定を完了させると、ゲートが起動し、薄い青色の光が中央から広がり、ゲート一杯に広がった。

「はぁ……しかしあいつら、今年の査定、覚えとけよ」

「全くです……」

ジェルマがゲートに魔力を注ぐ。同時に、薄い青色から、白へと変化し、光があふれる。

「さて、行きますか」

「気は進まねーがな……」

「しょうがないですよ、これもお仕事ですから」

二人は項垂《うなだ》れながら、ゲートをくぐった。


ゲートをくぐると、『剛腕の稲妻』達が討伐依頼をこなしていた、エルバランの森の中心部辺りに無事に出た。辺りはうっそうと木が生い茂っていて、月の光もところどころからしか差し込んでこず、見晴らしは少々悪い。

「さてと、んじゃ、まずは居場所を探すとするか」

ジェルマがそういって、周囲の索敵を行おうと目をつむる。

と、同時に、ドスン！　と大きな音とともに、目の前に全長二メートルはあろうかという大きさの、金色に光るトサカを持った巨大な鶏モドキ、コッカトリスが現れた。

「おっと、索敵する必要もなかったか」

思ったより大物が出てきたな、と、そのコッカトリスの大きさを見て、ジェルマが乾いた笑いを漏らす。

「……言葉は通じますか？」

シエラが話しかけると、コッカトリスはちらり、と胸に抱いている卵を見て、大きく、コケー！っと鳴いた。

「あ……こりゃまずい」

ジェルマが呟くと同時に、周囲に見えるだけで、五、六体ほどのコッカトリスが姿を現した。どの個体もトサカが金色になっており、二人をぎろりと睨みつけている。

「私たちは、卵をお返しに来ました」

こういう時に、怯んではいけない。シエラは後退りしそうになるのをこらえて、最初に現れた個体に言葉が通じているかわからなかったが、とりあえず、話しかけ続けた。

「コケーココ、コケーーー！」

大きく両翼を広げてなおも威嚇してくるコッカトリス。言葉が通じていない可能性が濃厚であるとは思ったが、何とか意思疎通出来たりしないか、と、一縷《いちる》の望みにかけて、シエラはじっと、目の前のコッカトリスを見つめ続けた。

「……貴様、盗んだ奴らとは違うな？　巣にあった気配と異なる」

不意に、声がした。シエラでも、ジェルマでもない声が。シエラはゴクリと喉を鳴らしながら、声の主を探す。

「だが、それは確かに我の卵。ふぅむ……？　だが……まさか、返しに来れば、我の気が済むとでも思ったか？」

シエラ達の目の前で威嚇していたコッカトリスがすっと下がると、後ろから、白銀色をした、明らかに、この群れの長だと思われる個体が現れた。

「申し訳ないと思っております。盗んだ者は、コッカトリスさんの卵だとは知らなかったもので。……まぁ、そんなことは言い訳にもなりませんが」

シエラが頭を下げながら言うと、白銀の個体は、ふむ、と二人を見やった。

「孵化間近の卵だというのに、本当に、申し訳ございませんでした」

そう言って、シエラはくるんでいた布から卵を取り出し、白銀の個体に卵を差し出した。白銀の個体は、その卵をそっと受け取り、卵から無事に伝わってくる脈動を感じ、小さく頷いた。

「……まぁよい、孵る前に返しにきた貴様らに免じて、今回は許してやろう。ただし、卵を盗みおった不届き者は、暫《しばら》くの間、森に入れるな。入ってきたのに気づいたときは、奴らだけではなく、貴様らにも、他の者にも容赦はせん。いいな？」

「かしこまりました。寛大なご対応に、感謝いたします」

シエラは心の中で、首の皮一枚繋がった！　と、コッカトリスの温情に感謝しながら、頭を下げた。

そんなシエラの隣に立っているジェルマの方を、白銀色の個体はチラリと見た。今一つ表情からは何を考えているのかは読み取れなかったが、明らかにこちらが危害を加えようものなら応戦する構えでいる彼《ジェルマ》のその様子から、かなりの手練れであることが見て取れた彼は、本当はこんなに甘い判断を下す予定ではなかったが、目の前の少女《シエラ》だけならまだしも、この男を相手にするのは、いつ産まれるかわからない卵のことを考えると、得策ではない、と思い、卵を無事に持ち帰ることを優先させたのだった。

「……この度は、本当に申し訳ございませんでした」

コッカトリス達に、深々と二人は頭を下げた。

そっと顔を上げると、コッカトリスの集団はいなくなっており、シエラ達は、何とか収まったのだと、安堵の息をついた。

何とか無事、卵を返し終えた二人は、再びゲートを通ってジェルマの執務室に戻ってきた。

「あぁ……今日ももうこんな時間……」

壁の時計を見ると、時刻はもうすぐ二十三時になろうとしていた。

「また、こんな時間……もう、いつになったら定時に上がれるのよ……」

はぁ、とため息をつきながら、シエラはジェルマに、お先に上がります、と頭を下げて彼の執務室を出た。

「あ、シエラ、無事だったのね！」

このまま作業着で帰ってしまおうかと悩みながら階段を下りていると、一階の待合用においてある長椅子に座っていたルーが声をかけてきた。

「あれ？　ルー、帰ってなかったの？」

こんな遅い時間なのに、待っててくれたのかと、少し、目頭が熱くなる。

「遅くなりそうだと思ってたから。はいこれ、隣の食堂でおにぎり握っておいてもらったから、良かったら食べなよ」

「わーん！　ありがとう！　もう、晩御飯は諦めるしかないと思ってたよ……」

現在シエラはギルド職員の宿舎に住んでいるので、食事はそこでとることができるのだが、食事の提供時間は決まっていて、夜は二十二時までとなっており、帰っても食べるものがない状況だった。また、ルーが買ってくれていた、ギルドの隣の食堂のお持ち帰りも、基本、夜の二十二時までの提供となっている。

「無事に帰ってこれたってことは」

「うん、話が通じる相手で、ほんとよかったよ」

はぁ、とシエラはため息をつきながら、コッカトリスたちとのやり取りを、簡単にルーに伝えた。

「それにしても、ほんと、持ち込まれたのがここのギルドでよかったわ」

自分の席に戻り、おにぎりを食べながら書類をまとめるシエラに、ルーが言う。

「だって、これがもし北の第四ギルドだったら……」

「あー……最悪、コッカトリスとの全面戦争もあり得たね……」

二人は第四ギルドの職員や、そこのギルドマスターを思い浮かべて苦笑いする。

「まぁとにかく、お疲れ様。明日も早いんだし、細かい書類は明日にしてもう帰ろうよ。ぶっちゃけ、今作っても、提出は明日の朝でしょ?」

ルーに言われて、シエラはそうだね、と手を止めて頷いた。

「あーぁ……結局今日も定時に上がれなかった」

「まだ言ってんの??」

驚いた、と目を丸くするルーに、シエラは頬を膨らませた。

「私は、仕事大好き人間じゃないのよ！　定時に上がって、のんびり街を散策しながら帰って、ゆっくりと夕食を堪能した後、たっぷりお風呂を堪能して、すこーしだらだらしたら、しっかりと眠りたいの！　もう、いつになったらその夢は叶うのよー!!」

シエラの叫び声に、ルーはいつものシエラね、と、苦笑していた。

受付嬢のお仕事

チリリリリン、チリリリリン、チリリリ……

バシン！

何かを叩く音とともに、可愛らしく鳴っていた鈴の音のようなものが止まった。

「あぁ、今日も朝が来た……」

頭をガシガシとかきながら、彼女は起き上がる。今日もシエラのいつもの日常が始まる。

時刻は朝の六時。

いつも通り、目覚まし時計に起こされたシエラは、大きく伸びをして、ベッドから起き上がると、タオルを持って洗面所へと向かった。

「あ、おはようシエラ。今日もちゃんと寝坊せずに起きれたのね」

「おはよう、ルー」

ちょうど一緒になった同僚のルーに、寝ぼけ眼《まなこ》でふらふらしながらも、シエラは挨拶をする。冷たい水が貯められた水槽から、近くにあった桶で水を汲み、洗面場所へと移動し、顔をバシャバシャと洗う。

「あー、目が覚める」

タオルで顔を拭き終えると、隣で身支度をしているルーに、またあとでね、と声をかけて、部屋に戻る。

「さて、着替えるかー」

クローゼットを開けて、ハンガーにつるしてあった制服を取り出し、テキパキと着替えていく。

（あー……そういえば、昨日、作業着のまま帰ったんだった……）

クローゼットにあるはずの制服の数が一つ足りないことに気づいたシエラは、その原因である昨日の出来事を思い出し、テンションが一気に下がる。

（忘れずに昨日着てった制服、今日持って帰らないと）

着替えを終えると、いつも身に着けているポーチを腰につけ、一階の食堂へ向かった。中に入ると、すでに何人かの同僚たちが、朝食をとっているところだった。

「お、おはよう、シエラ。今日はちょっと早いんじゃねーか？」

手渡された朝食をもってうろうろしていると、同僚で解体場担当のルーカスがシエラに気づき、声をかけてきた。

「おはよう、ルーカス。そういうルーカスこそ、早くない？」

ちょうどルーカスの前が空いていたので、シエラはそこに座りながら、いつもはこの時間に鉢合わせることがあまりないルーカスにどうしたのかと聞いてみた。

解体場はその名の通り、持ち込まれた動物や魔獣たちから素材などを回収するための解体作業を専門として行う人達がいる場所で、もちろん、そこで働く人達も、ギルド所属の職員となっているので、この宿舎に住んでいる人も当然いるのだが、その仕事の特性上、朝は遅く、夜が遅いことが多いため、シエラたち受付嬢が朝食をとる時間と被ることが少ないのだ。

「あぁ、俺らは珍しく、今日は朝一から解体作業なんだよ。昨日の夜遅くに魔獣が結構な数持ち込まれてな。血抜きなんかの簡単な作業をした後、魔法使える奴にいったん素材を氷漬けにしてもらって、今日、みんなで早朝出勤して対応すんだよ」

その言葉に、昨日、『剛腕の稲妻』たちがジャイアントボアを大量討伐したのを思い出した。

「あぁ、ジャイアントボアね」

シエラはそう呟きながら、お皿に乗っていたサンドイッチをパクっと頬張る。

「もしかして、シエラの担当冒険者か？」

聞かれて、うん、と頷いた。

「てことは、持ち込みもあの時間だし、また残業か」

くつくつと笑うルーカスを、シエラはギロリと睨みつけた。

「笑い事じゃないんですけど？」

コップに入ったミルクをグイっと飲み干し、シエラが言う。

「いやいや、だってお前、ここのギルドで残業したくないとか、無理だろ」

ルーカスの言葉に、シエラはうっ、と言葉に詰まる。

「お前も知ってんだろ？　周囲を鉱山、森、海と豊富な資源に囲まれ、かつ、街のど真ん中に大きな迷宮《ダンジョン》まである。ここのギルドは世界一忙しいって有名じゃねーか」

「わかってるわよ、そんなこと……」

改めてルーカスに言葉にされて、思わぬダメージを受けるシエラ。そんなシエラを見て、ルーカスは、また、くすくすと笑った。

「ま、いつか残業のない日があるといいな。それじゃ、お先に」

ルーカスはそう言って、そのまま席を立ち、出勤していった。

シエラも、はぁ、とため息をついた後、残っていた果物を食べて、食堂を後にした。


「お、今日は一番乗りだ」

出勤して受付カウンターに到着したシエラは、他にまだ誰も来ていないことに気づき、小さく呟いた。

「さてと、まずは昨日の残りをやっておかないと」

昨日残してしまっていた、コッカトリスに関する報告書と『剛腕の稲妻』たちへの処分内容の確認とその通達書のたたきの作成。そして、ジャイアントボアの報告書のまとめをせっせと作成していく。

「よし、こんなもんかな」

時刻が七時半を過ぎた。

「おはよーございまーす」

ちょうど書類の作成が終わったところで、他の受付嬢たちが続々と出勤してきた。

「おはようございますー」

机の上を軽く片付け終えると、出勤してきた他の受付嬢たちと一緒に、ギルド内・周辺の掃除を始める。毎日掃除はしているので、そこまで汚れるわけではないのだが、これを怠ると、後々面倒なことになるので、みんな真剣に掃除をする。

そして時刻は八時を迎える。ギルドのオープンの時間だ。

入り口を解錠すると、冒険者たちが、ぞろぞろと中に入ってくる。

「おはよう、シエラちゃん。今日は何か、いい仕事入ってる?」

ギルドでの仕事を受ける場合、掲示板に貼ってある依頼書を見て、自分で選ぶパターンと、受付嬢に仕事を斡旋してもらって受注するパターンの主に二パターンあり、どちらもメリット・デメリットが存在している。

前者の場合、自分たちである程度好きな依頼が選択できる、というメリットがある反面、自分たちの力量に見合わないものを受けてしまい、結果、依頼を失敗して違約金を支払わなくてはならなくなる、というデメリットがある。後者の場合は、受付嬢に失敗しにくい依頼を斡旋してもらえるというメリットがある反面、冒険者たちのことをきちんと把握・理解している受付嬢でなければ、適正な依頼を紹介してもらえないというデメリットがある。

「あ、おはようございます、ダエルさん。んー、そうですねー、ダエルさんの所なら……あ、これなんかどうですか？　フレイムウルフ。どうも、はぐれが群れを作っちゃってるみたいで、ビガー鉱山の方から討伐依頼がきてるんです」

冒険者としては、早く自分たちのランクを上げたいので、どんどん難しい依頼をこなしていきたい！　というところではあるが、命を失う危険がある場合ももちろんあるし、失敗は違約金のこともあるが、信用問題にもかかわってくるため、できる限り、適正な依頼をある程度稼げる額で受けられるのであれば受けたい、とも思うもの。特に、高ランクの依頼になればなるほど、複雑な条件があったりもする為、依頼の適正ランクが上がるほど、受付嬢に依頼を斡旋してもらう場合が多くなる、という傾向にあった。

モルトに異動したての頃、元々シエラの居たギルドとの規模があまりにも違い過ぎた為、この依頼の斡旋作業に四苦八苦していて、いつも、その他の通常業務に着手するのが遅くなっていた。どう考えても、それが残業に一番直結していると思っていた彼女は、残業したくない一心で、その改善方法として、まず、冒険者たちの特性を覚える為に各冒険者の依頼割り振り用に特化した簡易リストの作成と、依頼と依頼達成に必要な特性が目に見えてわかるよう、項目の統一化とリスト化を行うようにし、効率化を目指した。

その効率化はもちろん効果があり、日が経つに連れ、それにかかる業務時間は目に見えて減っていっていた。……まぁ、彼女の仕事の斡旋能力がなかなか優秀である、という噂が冒険者たちの間に広がり、依頼をお願いする人が増えていき、最終的に残業時間はあまり変わらなかった、というのはご愛嬌だ。

差し出された依頼書をダエルは手に取り、ふむ、と思案する。

「確か、エマさん、水と土系の魔法が得意でしたよね？　フレイムウルフなら、相性がいいかなと思って。それに、ダエルさんの双剣なら、鉱山内でも取り回しに問題がないかと」

シエラが言うと、そうだな、とダエルが頷く。

「よし、日程的にも少し余裕が持てそうだし、報酬も悪くない。これにするわ」

「ありがとうございます」

シエラはにっこりと笑って頭を下げると、さっそく受付手続きに入る。受付書類を三枚取り出し、内容を確認してもらい、報酬等について問題がなければ三枚すべてにサインをしてもらう。そして、すべての書類にサインをしてもらった後、受付作業を行った証明として、自身の職員印を押す。

「はい、では、こちらはダエルさんの控えになります。なくさないように、お願いしますね？」

三枚の書類のうち、一枚は冒険者の控え、一枚はギルドの控え、最後の一枚は、結果報告用に依頼主へ渡すためのものとなっている。

「では、お気をつけて。いってらっしゃい」

ダエルを見送り、書類を机の引き出しに片付ける。

「おはよう、シエラちゃん。今日も可愛いね～。何かいい依頼、入ってる？」

「おはようございます、ジェイクさん。ちょうどよかった！　実は、ジェイクさんにお願いしたい依頼があるんですよ」

冒険者によって依頼斡旋時のお願いの仕方を変えていくことももちろん忘れない。

こうして、シエラの受付嬢の一日が始まった。


時刻が十時に差し掛かるころになると、朝の受付対応の波が少し落ち着いてくる。依頼は基本的に早い者勝ちなので、みんな、少しでも良い依頼にありつこうと、ギルドを開けてから一、二時間ちょっとの間が、一番混雑する時間帯なのだ。

「おはようございます。お待ちしてましたよ」

シエラはギルドに入ってきたロイたちの姿を見つけると、自身の受付カウンターに休憩中の札をたて席を立ち、彼らの所に駆け寄り、にっこりと笑顔を作って声をかけた。シエラに気づいたロイ達は、少しだけ気まずそうな顔をしていたが、シエラは気にせず、笑顔を張り付けたまま、いつも通りに接する。

「昨日の件について、ギルドマスターからお話があります。こちらに一緒に来てくれますか？」

「あ、はい……」

いつもの元気は一体どこへ行ったのか、ロイはしゅん、とした顔で、シエラの後に続く。

「ジェルマさん、シエラです。『剛腕の稲妻』の方たちをお連れしました」

コンコン、とノックした後、シエラが言うと、入れ、と小さく声が聞こえてきた。

「失礼します」

ドアを開け、三人を執務室内に促すと、そこには珍しく椅子に座って書類仕事をしているジェルマの姿があった。

「とりあえず、座れ」

ジェルマに言われて、三人は部屋の中央にあるソファーに座る。シエラは、三人の前に書類を一枚ずつ置いていった。

「とりあえず、昨日のコッカトリスの件だが、卵は無事に返せた。しばらくお前達を森に入れないってことで、事は収まった」

森に入れない、という部分に三人とも反応するが、下手をすれば街を巻き込んでの大戦闘にまで発展したかもしれない事案を、森への侵入禁止程度で済んだことを考えれば、まだ、軽い処分で済んだとみるべきか、と思い、小さく、はい、と彼らは答えた。

「ちなみに、だ。森に入らないってのは、コッカトリスに対する誠意ってところだ。俺やシエラ、ギルドに対しての誠意はそこに含まれていない」

ジェルマの言葉に、三人はびくっと肩を震わせた。さっきの内容は、あくまでも対コッカトリスのもの。今回の件の尻ぬぐいをギルドにさせた事に対する処分諸々は含まれていない。ここで、ギルドが勝手に対応したんじゃないか、とごねてもいいが、確実にギルドへの心証は悪くなるし、最悪、モルト第一ギルドへの所属を解除される可能性すら出てきてしまうし、そうなった場合、別のギルドへの再所属のハードルも、もちろん上がってしまう。いずれにしても、自分たちでどうにもできない事態を招いてしまったのが悪い、という自覚はあったので、三人は大人しくジェルマの言葉の続きを待った。

「しばらくの間、お前らには若手の育成と教育、それと、街の清掃などの奉仕活動をメインとして行ってもらう」

その言葉に、ロイはバッと顔を上げた。

「三人とも、しばらく森に入れないってことですし、かといって、仕事がないのは困ると思いますので、今、人手の足りていない部分を積極的にこなしていただけるのであれば、まぁ、私たちとしても悪い話ではないかな、と思いまして。若手の育成と教育に関しては、ギルドからの依頼、ということで少額ではありますが、報酬も出ますよ。ボランティアにしても良かったんですけどね……」

苦笑しながら言うシエラに、ミシェーラは安堵の表情を浮かべた。

「ありがとう……正直、収入が途絶えるのは痛かったのよ。多少の貯えを、私はしてきたけど、他の二人は……」

ちらり、とロイとルカを見ると、彼らはそっと視線をそらした。

「ま、こっちとしても、人手が足りてなくて困ってたとこだからな。あ、あと、ロイ。お前から申請が上がってた、迷宮《ダンジョン》の二十階層以下への探索申請。あれ、却下だからな」

ジェルマの言葉に、ロイはそんな！　と抗議する。

「ロイさん？　コッカトリスの習性すらも忘れてた方に、迷宮《ダンジョン》の下層の探索申請の許可なんて、出せるわけないじゃないですか。あ、そうそう。ロイさんはもう一度、魔獣講習、受けてくださいね？　これは必須ですから。あ、もちろん、費用は自腹です」

にっこりと冷たい笑顔のシエラに、ロイはがっくりと項垂れた。

カウンターに戻ると、冒険者登録希望者の新規登録作業や、ギルドへ依頼をしに来た人たちの依頼受付業務、素材の買取業者との交渉と書面の対応、対応完了業務の依頼主への報告対応と、隙を見て昼食をとり、また、業務をせっせとこなしていく。

少なくなってきたポーションや解毒剤などの在庫確認と発注作業、掲示板に長く残ってしまっている依頼がないかを確認しながら、周辺地域の地図の在庫確認にその他更新された情報の追記作業。そして、そうこうしているうちに夕暮れに差し掛かり、当日完了が必要な依頼を受けた冒険者たちが、続々とギルドに戻ってくるので、その、対応を行う。

（……受付業務って、なんでこんなに仕事が多いの！）

なんてことを思っているとはおくびにも出さず、シエラはニコニコと笑って業務をこなしていく。

そして十八時。リンゴーン、リンゴーン、と大きな協会の鐘が鳴る。その音色とともに、受付嬢の残業タイムがスタートする。

「おい、ふざけんな！　そんなはずないだろ！　ちゃんと鑑定しろよ！」

今日も定時に上がれなかったぜ、と思わず血を吐きそうになるシエラが、まだ残っている今日報告予定のはずのパーティー二組の戻りを待っていると、少し離れた受付カウンターから、冒険者の怒鳴り声が聞こえてきた。

（あれは、オーリのとこじゃない）

声の方を見ると、複数の冒険者と思しき男たちが、オーリに詰め寄っているところだった。何事かと、隣にいたルーに声をかけて聞いてみると、どうやら、持ち込み素材の買取の件で、オーリの結果に不満があるとかで揉めているとのことだった。

（うーん、あの冒険者たち、見覚えないなー……。たぶんここの所属冒険者じゃないはず。……わざわざ一番年少者であるオーリを狙ったようにも見えなくもない……。そもそも、オーリの鑑定スキルのレベルなら、迷宮《ダンジョン》産でなければ、買取に関してはほぼ適正値を出せるはずだし、何より、彼女がわからない場合は絶対に聞きに来るはず）

なんとなく気になったシエラは、すっと自身のカウンターに休憩中の札を出して、オーリの所へと移動し、声をかけた。

「すみません、どうかされましたか？」

とりあえず、ルーから軽く伝え聞いた内容しかわからない為、まずはきちんと双方から話を聞く必要がある、と思ったシエラは、いつものようににっこりと笑って、冒険者たちに声をかけた。

「あ、シエラ姐さん……」

少し泣きそうな顔でシエラを見てくるオーリに、シエラは大丈夫、とポンポン、と肩を叩いて微笑む。

「どうしたもこうしたもねーよ！　このねーちゃんが、俺らが持ち込んだ素材がたったの銅貨二十枚にしかならねーって言うから怒ってんだよ！」

カウンターに置かれている素材を見ると、そこにはキラキラとした輝きを放っている大ぶりの魔石が五個置かれていた。通常、魔石であれば、小ぶりのものでも一個で大体銅貨三十枚、カウンターに置かれているくらいの親指サイズの魔石なら、銀貨一枚（＝銅貨百枚）での買取が相場だ。

「このくらいのサイズなら、銀貨一枚はくだらねー、最低でも銀貨五枚はもらえるはずだろうが！」

冒険者の言ってくる相場は、そうおかしな相場ではない。適正値だ。

だが。

「オーリ、これが銅貨二十枚になる理由を、ちゃんと伝えた？」

シエラがオーリに聞くと、オーリはすみません、とふるふると首を振った。

「お伝えしようとしたんですが、話を聞いてくれ」

「ふっざけてんじゃねーよ！　なんでこれが銅貨二十枚になるってんだ！　理由なんてあるわけねーだろうが！　ちゃんと鑑定もできないようなクソ受付嬢なんて、とっとと辞めさせちまえよ！」

男の言葉に、シエラはピクリ、と眉を上げた。

「……申し訳ございませんが、今、なんておっしゃいました？」

「何度でも言ってやるよ、そんなクソ受付嬢なんて……⁉　ひぃ‼」

シエラの顔を見て、思わず男達は悲鳴を上げた。にっこりと笑っているはずなのに、明らかに怒りのオーラを放っているシエラに、思わず男は後退った。

「……まずこの魔石、どうやって入手されましたか？　何を倒して入手されましたか？」

すっと真顔になり、じっと相手の男を見据えて、シエラが言う。

「オーリの鑑定はあなたなんか足元にも及びませんよ？　なんせ、この子、こう見えても鑑定スキルのレベルはすでに五に到達してますから」

「な⁉」

補助系のスキルレベルは基本、ＭＡＸが十まで。オーリの鑑定スキルは、その半分の五に到達している。これは、十六歳の少女が持つスキルとしては、かなり異例で、このスキルレベルだと、迷宮《ダンジョン》由来の素材等、未知の素材でなければ、ほぼ問題なく対象を鑑定することができると言われている。

男はシエラに告げられた事実に、思わず汗を流す。

「うちの受付嬢を舐めないでいただけますか？　この魔石、そもそも、劣化がひどすぎて、含有魔素がほとんどありません。そのため、魔石としての使い道がほとんどないため、ただのクズ石同然です。ただし、サイズが大ぶりで元々が魔石だったので、その見た目から、宝石には劣りますが、アクセサリーの加工品としての需要が見込めるため、買取提示額が銅貨二十枚になっているんです。そうよね、オーリ？」

オーリに聞くと、彼女はこくんと頷いた。

「正直なところ、表面にもいくつか傷が入っているので、加工の際にはそのあたりを削る必要があり、実際に使用できる範囲としては一回り近く小さくなるので、銅貨二十枚がギリギリの買取価格になるかと……」

オーリの言葉に、男はふざけるな！　と叫んだ。

「てめーら、さてはグルになって俺らを騙そうとしてやがるな⁉　大体、魔石の含有魔素なんて、たかが受付嬢なんかにわかるはずが」

「わかりますが、何か？　私の鑑定スキル、レベルはＭＡＸの十ですが？」

シエラの言葉に、男は絶句した。

「はい、これ。私のスキルボードです」

男に見えるように、ポケットに入れていたスキルボードを提示して見せる。そこには、『鑑定：Ｌｖ十』と出ていた。

「それに、そもそも、魔素をたっぷりと含んだ魔石なら、ちょっとやそっとのことで、傷なんてつかないんですよ。オーリが言った通り、表面に細かな傷がついたりしていることからも、魔石の魔素がほぼなくなっているということがわかるんです」

鑑定のスキルやレベル関係なく、ある程度確認する方法ももちろんあるので、そちらの理由もきちんと相手にシエラは伝えた。

魔石とは、魔物や魔獣を倒したときに、心臓部からとれる石のことを指しており、それには魔物や魔獣の魔素が大量に含まれている。魔石に含まれる魔素の量は、魔物や魔獣のサイズや強さに比例していると言われており、その為、大きいサイズで、さらに魔素がたっぷりと含まれている魔石については、安定供給が難しいのが現状だ。魔法道具等の材料としてとても重宝されている為、常に魔石に関しては、一定以上の需要があるのをいいことに、大ぶりの魔石と偽って、ただの石や、自然死を迎えた大型の魔獣の魔石（自然死を迎えた魔獣の魔石は、魔素がほぼなくなっている）を何食わぬ顔をして、高価な素材として売りさばこうとする悪党もいたりするので、含まれている魔素の量に比例して、魔石自体の硬度が高くなるという性質については、ギルド職員であれば常識でもあった。

「そういうわけで、こちらの提示額は銅貨二十枚が限界です。それ以上を希望されるのであれば、どうぞ他のギルドへ持ち込みしてください」

どこに持ち込んでも、同じかそれ以下の買取価格になると思うけどね、と心の中で思いつつ、にっこりと微笑むシエラに、男は小さく舌打ちし、二度と来るか！　と叫びながら、ギルドを走り去っていった。周りにいた仲間と思われる男たちも、慌ててカウンターに残った魔石を回収すると、そのあとを追って出て行った。

「ふふ、はい、来なくて結構ですよー」

小さく頭を下げながら、ぼそりとシエラは呟いた。

「受付嬢は大変だなぁ、シエラちゃん、お疲れー」

男たちが出て行ったと同時に、周りにいた冒険者たちが、シエラの対応にぱちぱちと拍手する。

「皆さん、お騒がせいたしました。……オーリ、大丈夫だった？」

苦笑しながら、周りの冒険者に心配要りませんので、と小さく頭を下げた後、シエラがオーリに声をかけると、彼女は、はい！　と笑って頷いた。

「ちょっと怖かったっすけど……姐さんが助けてくれたんで、大丈夫です！　それよりすいませんっす、一人で解決出来なくて……」

「そんなの気にしなくて大丈夫だよ。……それよりその、姐さんっての、やめて」

こめかみをぐりぐりさせながら、もう大丈夫と判断したシエラは、自分の持ち場に戻った。ちょうど、待っていた残りの二組のパーティーも戻ってきたので、報告を受け、受付業務を完了させる。

「あー！　終わったー!!」

時刻は十九時半。

書類作業等すべてを終わらせ、ギルドを施錠し、机の上を片付ける。結局、今日も定時には上がれなかったが、昨日のことを考えると、まだ早く終われたほうだ、と少しホクホク顔になる。

「お、シエラ。まだ残ってたのか」

ぽん、と肩を叩かれて声を駆けられた。まるで壊れたブリキ人形のように、ぎぎぎぎ、と首だけを後ろに向けると、そこにはジェルマの姿があった。

「ちょうど上がるところだな？　よし、今から飲みに行こうと思ってたんだけど、今日に限って誰も捕まらなくってよー。お前、ちょっと付き合えよ！」

「い、嫌ですー！　昨日も遅かったし、今日はもう、帰ってゆっくり休むんです！」

「おー、それならいっぱい飲んでから帰ればぐっすり眠れるぞー？」

にこやかな笑顔で、話を聞かないジェルマに、シエラは叫んだ。

「ジェルマさんの言ういっぱいは、一杯《いっぱい》じゃなくてたくさん《いっぱい》の方でしょう⁉　やだやだ、嫌ですぅ！　昨日も遅かったんだから、今日はもう、おうち帰るのー！」

「おーおー、飲んで帰ればいいじゃねーか、よし、ほら行くぞ！」

「いーやーーー‼」

こうしてシエラが宿舎に帰ったのは、もう少しで日付が変わろうかという時間だったという。

新人冒険者

（今年もこの日がやってきたか……）

ふぅ、と息を吐き、ギルドの受付カウンターの前できりっとした表情で腕を組み、仁王立ちをして入り口を見つめているこの女性は、「定時に上がりたい」が口癖のモルト第一ギルド所属受付嬢、シエラだった。

「……シエラ、今から戦地にでも行くの？」

呆れ顔のルーを、シエラはキッと睨む。

「ルー、わかってるでしょ？　今日がどういう日なのか！」

「……わかってるわよ。あんたの言うところの、絶対に定時上がりができない日、でしょ？」

その一言に、シエラは膝から崩れ落ちた。

「な、なんて言い方を……！　定時上がりができない日なんて、そんな日、認めない！　絶対に！」

ぶんぶん、と頭を振るシエラに、ルーはは いはい、と手をひらひらとさせながら、放置してそのまま自分の受け持ちカウンターへと向かった。

「ほら、シエラ。解錠時間よ」

「うぅぅ……」

シエラはがっくりと項垂れながら、自分の持ち場へと移動する。

そして、朝の八時。

ギルドが開く時間がやってきて、入り口が解錠され、扉が開いた。

（ちょ……、ちょっと⁉⁉　去年より多くない⁉）

扉が開くと同時に、なだれ込むように入ってきた大量の子供たちに、シエラは圧倒された。


昨日はこの国のお祭りの日であった。その名も『成人の儀』。この国では、毎年決まった日に、その年、十二歳を迎える少年・少女たちが、成人として国から認められるための儀式を教会で受けることになっている。成人の儀を受けると、一人の大人として認められ、自分たちの意思で仕事を探して、就職することもできるようになる。

そしてここ、モルトの街では、成人の儀を受けた子供たちに一番人気の職業が『冒険者』であった。

特に、孤児院などで育てられていた子供たちは、この成人の儀を迎えた後、ハイ・スクールへの進学が決まっていない限り、その年のうちに就職先を見つけて独り立ちをし、施設を出ていかなくてはならないという決まりもあって、この、成人の儀の翌日は、晴れて大人の仲間入りを果たした子供たちが、我先にと大量にギルドに冒険者登録をしにやってくるのだ。

当然、通常の業務がなくなるわけではないため、受付嬢たちは、年に一度、この、成人の儀の翌日に関しては、食事をとる時間も無くなるくらい忙しくなる日であり、よっぽどの理由がない限り、有休も認めてもらえない日となっている。

シエラにとって、絶対に定時に上がることができない、地獄の一日が、幕を開けた。

毎年、成人の儀の翌日の冒険者登録は、通常とは異なる方法をとっており、普段であれば、カウンターで受付をし、対応を行うのだが、この日は申込み希望者が殺到するため、別室の、普段は会議室として使っている部屋で登録専用作業を行うことになっている。そして現在、その場所には、十一、十二歳の、国から成人と認められた子供たち数十人が集合していた。ちなみに、この年頃以外の人たちは、この日は混雑することがわかっているので、よっぽどのことがない限り、冒険者登録に来なかったりする。

「おねーさん！　僕、冒険者になりたい！　どうしたらいいの⁉」

「いたーい！　誰よ、今、私のこと押したの！」

「なぁなぁ、登録ができたら、すぐに魔獣を狩りに行けるのか⁉」

「ねー、トイレどこー？」

「これ、どこに持っていったらいいのー？」

「登録ってどこでできるの⁇」

あちこちから飛び交ってくる子供達の声。はっきり言って、カオスである。

「はーい！　みんな、静かに！」

シエラが大きく息を吸い込み、腹の底から思いきり大きな声を出して呼びかけて、大きくパン！と手を鳴らすと、子供達は喋るのをやめて、シエラの方を見た。

「これから、ここで冒険者登録を行い、そのあと続けて、初心者講習を合わせて行います」

初心者講習については、通常は任意となるが、成人の儀を受けたばかりの子供達の場合は、安全面を考慮し、モルト第一ギルドでは受講を必須としている。

「みんな、自分の名前は書けるよね？　これからみんなに一枚ずつプレートを渡していくので、そこに自分の名前を書いてください」

そう言って、一人一人に薄い一枚のプレートを渡していく。

これは、職業プレートと呼ばれるもので、どこのギルドに所属しているのかを証明してくれる、大事な証明書の役目を果たすものである。ちなみに、冒険者の場合は、この薄いプレートの表に、所属ギルドと自身の名前とランク、パーティーを組んでいる場合は、パーティーの名前とランクが記載され、特別な魔道具を使用すると、裏側に、本人の賞罰（パーティーの賞罰がある場合は、所属パーティーの賞罰）が表示される仕組みになっている。

「これは、冒険者になる君たちにとって、今後大事なものになるので、なくしたり、壊したりしないように気を付けてください。それじゃ、名前が書けたら、私の所に持って来てください。ちゃんと並んでくださいね」

そういうと、名前を書き終わった子達が、シエラのもとへと殺到した。

「な・ら・ん・で・く・だ・さ・い・ね？」

シエラがにっこり（？）と笑ってもう一度言うと、子供たちは慌てて、一列に並んだ。


「はい、これで登録完了です。次、どうぞ」

名前の書かれた職業プレートを確認し、成人の儀で協会から受け取ったステータスボードとプレートの紐づけ作業をせっせと行っていく。処理自体は簡単で、単純作業ではあるのだが、この時、うっかり他人の物を誤って紐づけてしまうと、修正がとても大変なうえに、気づかずそのままにしてしまうと、他人の賞罰が紐づけされてしまったりするので、今回のように一気に大勢の紐づけ作業を行うには注意が必要で、精神的疲労が半端ない。

どうにかこうにか、ミスすることなく約一時間ほどかかりながらも、ようやく紐づけ作業が終わったシエラは、少し休憩をはさんだ後、初心者講習に移った。

「と、いうわけで、冒険者は自己責任の世界です。いいですか？　自分の命だけじゃありません。他人の命も背負うことも、時にはでてきます。そして、その責任はすべて、自分に降りかかります。今までのように、大人たちに守ってもらうこともできなくなります。場合によっては、奴隷落ちしてしまうこともあります。そんな厳しい世界です。なので、最初はまず、できることからコツコツとやっていくことが大切です。いいですね？」

　さらに一時間ほどかけて、冒険者の主な仕事内容、依頼達成したときの主な報酬や素材の買取、依頼に失敗した場合のリスクに、冒険者の心得等々、必要と思われることを丁寧に教えていった。

「ちなみに、魔獣講習、というものもあります。外には危険な魔物や魔獣がたくさんいます。知識を得るということは、生存確率を上げることにもつながります。初回は無料ですので、良ければぜひ、講習を受けてみてくださいね？」

　では、とシエラが、パンッと手を叩いて言うと、若干眠そうにしていた子供達もガバっと体を起こし、目を輝かせ始める。

「これで、登録と講習はおしまいです。お疲れ様でした。これで皆さんも晴れて冒険者の仲間入りです。頑張って、たくさんの依頼をこなしてくださいね」

『はーい！』

「今日は登録したばかりになるので、依頼が受けられるようになるのは明日からです。ちゃんとルールを守って、ガンガン、依頼をこなしてくださいね。では、解散！」

『わーい！！！』

　会議室を飛び出していく子供達を見送った後、シエラは、とりあえず今日の大仕事が一つ片付いた、と息を吐き、部屋の後片付けを急いで終わらせた。

「お疲れー」

カウンターに戻ると、死んだ魚の目をしたルーが、シエラを迎えた。

「はい、これ。シエラの担当の冒険者たちの書類。目、通しといて」

「ありがと。助かる」

書類を受け取り、内容をチェックしていく。

「あんたさ、学校の先生とか向いてるんじゃない？」

ルーがそう言って、はぁ、と肩をもみながら首をぽきぽきと鳴らしていると、シエラは遠い目をしながら答えた。

「無理に決まってるでしょ。今日一日、しかもあの短時間だけだから何とかなるのよ。あんなちびっこ猛獣たちを毎日相手にするとか、私には絶対に無理」

「そう？　今回は結構、素直に聞いてたみたいじゃない」

ルーに言われて、フルフルと頭を振る。

「聞いてるのと、頭に入ってるのとでは全然違うからね？　何人かは話してる最中でも、他の子とお喋りしてた子もいたし。正直、何人残ることやらって感じ」

正直なところ、成人の儀を迎えて大半の子供たちは冒険者登録をしに来るのだが、そのうちの半数は一年と持たずにギルドに来なくなり、さらにその半数は、二、三年もすると、別の仕事を始めたりする。そして、毎年数人程度ではあるが、調子に乗り、忠告を聞かず、街の外の危険な場所に繰り出し、命を落とす子供達がいる。

「ちゃんと外が危ないってこと、毎年、口をすっぱくして伝えてるんだけど……正直なところ、いくら口で言ったところで、気持ちが上の空の子供たちにはなかなか伝わらないんだよね」

「しょうがないわよ。冒険者になるって判断した以上、すべては自己責任なんだから」

カウンターで一人一人を登録対応するときであれば、ちゃんと相手の目を見て、伝わるまで伝えることができるが、今回のように一斉に登録対応を行った場合は、なかなかそれができない。

「今年は、命を落とす子がいなければいいんだけど」

小さく呟きながら、チェックを終えた書類を机に片付ける。

「ま、私たちがここでどうこう言ってても、しょうがないんだし。下手なことをしないよう、しばらくは子供たちの依頼受付の時は、ちゃんと気を付けてあげればいいんじゃない？」

「ん、そうだね」

ルーの言葉に頷くシエラ。

「ほら、午前中にできなかった仕事、まだあとこれとこれが残ってるんだから、あんたも手伝ってよね」

「え、うそ、こんなにまだあるの!?」

残っている仕事を見て呆然とするシエラ。

「しょうがないでしょう？　あんたが抜けた穴はでかかったんだから。もう少ししたら、戻ってくる冒険者もいるだろうし、いそいで片付けちゃおう」

「今日も、残業か……」

シエラが呟くと、ルーが苦笑した。

「あんた、いい加減諦めなって」

「……そうね、今日だけは諦めるわ……」

ため息をつきながら、シエラは書類を片手に、溜まった仕事を進めていった。


成人の儀の翌日から数日が経ち、ギルド内はいつもの様子を取り戻していた。先日登録をしたばかりの子供達の姿もちらほらと見え、彼らも一生懸命、草原で薬草採取に励んだり、街の清掃活動などの仕事も、頑張ってこなしており、そんな彼らの様子を見て、先輩冒険者達も、子供達に頑張れよ、と声をかける姿をちょくちょく見かけるようになっていた。

「シエラねーちゃん！　今日はこれ、受けるよ！」

この間冒険者登録をしたばかりの男の子五人組。そのリーダー格の男の子、ターナーが、シエラに一枚の紙を差し出してきた。差し出してきたのは掲示板に貼ってあった依頼書で、そこには、ラージマウスの討伐依頼が記載されていた。

「んー、ターナー君、ラージマウスのことは知ってるのかな？」

シエラが聞くと、ターナーはこくんと頷いた。

「知ってるよ、少し大きいネズミの魔物だろ？　群れで行動するって聞いてるけど、罠を仕掛ければ簡単に倒せるって、冒険者の兄ちゃんが言ってた」

ターナーの言葉に、シエラは少し思案する。

ラージマウスの推奨討伐レベルはFランク。冒険者になりたての初心者たちが、よく最初に討伐する魔物の中の一種だ。ターナーの言う通り、罠を仕掛けて捕獲し、処分する方法が一般的で、これなら比較的安全に、かつ、数をこなしながら討伐することができる魔物でもある。もちろん、群れで行動するため、注意は必要で、正直、冒険者になりたての彼らに、群れで行動する魔物の討伐は、リスクがある気がしないでもない。

「ラージマウスは群れで行動をします。推奨ランクはFランクだけど、群れが大きかった場合、君たちだけじゃ討伐が難しい場合もあるから、必ず、深追いはせず、罠にかかったものだけを討伐して、無理だと思ったらすぐに撤退すること。約束できる？」

シエラが聞くと、ターナーは心配しすぎだって、と笑った。

「最初の講習会でも話をしたと思うけど。冒険者は自己責任。わかってる？」

シエラが真剣な顔で聞くと、ターナーはわかってるよ！　と少しむっとした顔で答えた。

「……わかった。それじゃ、ここにサインしてくれるかな？　みんなで一緒に行くなら、代表者だけのサインでもいいよ」

「それじゃ、俺が書くよ！」

ターナーが三枚の受注書にサインを書く。

「はい、確かに。それじゃ、これが君達の控えだから。なくさないように。気を付けて、無理しちゃだめだよ？」

シエラがターナーに控えを渡すと、彼らは行くぞ！　と走ってギルドを去っていった。

「大丈夫かなぁ……」

ぽつりとつぶやくシエラに、隣にいたルーが心配性だな、と苦笑する。

「まぁ、わからないでもないけど。でも、あの子たちだっていつかは討伐依頼をこなさなきゃ、上には行けないわけだし。いつかは通る道だよ」

「そう、だね」

ルーの言葉に、シエラは小さく頷き、受付業務を再開した。


「シエラねーちゃん！　見てくれよ、すっげーたくさん狩れたぜ！」

日が傾いてきて、外が赤くなってきたころ。バタバタと子供たちがギルドの中に走って入ってきた。

「こら！　ギルドの中じゃ走っちゃダメだって言ってるでしょう！」

シエラが叱ると、ごめんごめん、とターナーが苦笑いした。

「それよりほら！　見てくれよ。こんなに狩ってきたぜ！」

カウンターに討伐証明部位であるしっぽが詰められた麻袋をぼん、と置く。

「わぁ、すごいじゃない！　ちょっと待ってね、数を数えるから」

そういって袋からしっぽを出すと、シエラはその数を数えていく。

「すごい、この短い時間で三十七匹も倒してるじゃない！」

「へへ、だろ？　なぁなぁ、これ、今日の報酬はどうなるんだ？」

目をキラキラと輝かせる子供たちに、シエラは苦笑しながら、少し待ってね、と依頼書を取り出す。

「討伐依頼はラージマウスを五匹だったから、まずは達成報酬として銅貨三十枚ね。それと、五匹以上討伐した場合は、追加報酬として、一匹あたり銅貨五枚だから、追加報酬分が銅貨百六十枚。合計で、銅貨百九十枚分だから、今日は銀貨一枚と銅貨九十枚が報酬になります」

『やったぁー!!』

初めて依頼の報酬が、銀貨一枚を超えた嬉しさに、子供達は大はしゃぎする。

「五人で報酬はわけるよね？　どうする、全部銅貨で渡したほうがいいかな？」

シエラが聞くと、ターナーは頷いた。

「うん！　それでお願い！」

「わかった、それじゃちょっと用意してくるから、待っててね」

にっこりと笑うシエラに、ターナーたちは嬉しそうに、うん、と頷いた。

「どうなることかと思ったけど、ちゃんと早めに戻ってきたし。何より、思ってたよりたくさん狩れたみたいだし。罠がうまくいったのかな？」

少年冒険者たちが無事に帰ってこれたことと、しっかりと依頼を達成できたことに、シエラは嬉しくなる。

「はい、それじゃこれ、数えてくれるかな？」

彼らの目の前に、銅貨を十枚ずつにした束を、十九本置く。

「うん、大丈夫！　ありがとう！」

ターナーが言うと、シエラは、受領書にサインをさせて、それを回収する。

「それじゃ、今日はお疲れ様。ゆっくり休んで、また、頑張って依頼を受けにきてね」

シエラが言うと、彼らは大きく頷き、はしゃぎながらギルドを出て行った。

「杞憂《きゆう》だったね」

ルーの言葉に、そうだね、とシエラは笑った。


小さな冒険者達が仕事を受け始めて、さらに暫く経ったある日のことだった。

「……遅いな」

ちらちらと時計を見ながら、戻ってきた冒険者の報告受付と、報酬の支払い業務をこなしながらシエラは呟いた。そしてそれと同時に、協会の大きな鐘の音が響く。

「あれ？　あの子達、戻って来てたっけ？」

報酬を支払い、サインをしてもらった受領書を机に片付けていると、隣にいたルーが声をかけてきた。

「……それが、まだ来てないんだよね」

ラージマウスの討伐に自信をつけた彼らは、それから毎日のようにラージマウスの討伐依頼を受けていた。今日もいつものように、ラージマウスの討伐依頼を受けて出発していったのだが、いつもの時間になっても、彼らが現れないことに、シエラは胸騒ぎを覚えていた。

「いつも、鐘が鳴る前には討伐部位をもってきてるんだけど、今日はまだ戻ってきてないんだよね」

ラージマウス自体、繁殖ペースがかなり早い為、連日、討伐依頼を子供達がこなしていたとしても、見つけられない、ということはないはずなのだが。

（なんだか、嫌な予感がする）

なんとなく不安になっていると、ギルドにラビット族の少女が現れた。

「あ、スミレちゃん。お帰り！」

スミレの顔を見て、シエラはにっこりと笑って迎える。

スミレは冒険者になってもうすぐ一年になるのだが、人見知りな性格のせいか、他の人とパーティーを組むことができず、現在もソロで活動をしている。その為、討伐依頼は少し自信がまだない、ということで、毎日街を出てすぐの草原で薬草採取をしているのだが、シエラは、そんな彼女が、いつかパーティーを組んで、大きな依頼を達成して帰ってきてくれる日が来るのが、楽しみの一つだったりする。

「シエラさん、ただいまです。これ、今日とってきた薬草です」

そういって、カウンターに薬草とスズナ草を置いた。

「今日は、ちょっとセリナズ草が見つけられなくて。その分、スズナ草がたくさん群生してる場所を見つけたから、一杯とってきました！」

数を数えてみると、薬草が十束に、スズナ草は二十五束もあった。

「すごいね、スミレちゃん！　これなら、薬草が銅貨十枚に、スズナ草が銅貨五十枚だから、合計で銅貨六十枚になるよ！　それに、今日は確か、スズナ草の採取依頼が入ってたはずで……ええと、ちょっと待ってね、確かここに……あ、あったあった！　うん、ちょうど二十束の依頼だったから、そっちの達成報酬銅貨二十枚と合わせれば、今日の報酬は銅貨八十枚だよ！」

シエラの言葉に、スミレは大きく目を見開いた。

「え？　私、今日は依頼を受けてなかったけどいいの？」

スミレの言葉に、シエラはくすくすと笑う。

「採取依頼はね、討伐依頼と違って、基本的に事前の受付がなくても大丈夫なんだよ。だから、時々、討伐依頼に出かけたときに採取した薬草に、採取依頼が出てたりしたら、お小遣い稼ぎとして一緒に報告の時に受注処理と達成処理をしちゃったりすることが多いのよ」

シエラの言葉に、スミレは目をぱちぱちとさせた。

「もちろん、毎回条件にあった採取依頼があるわけじゃないけど、今回は、タイミングよく、スズナ草の採取依頼が入ってて、まとまった数だったから達成処理できる他の冒険者がいなかったってことだけど、でも、良かったね、スミレちゃん！」

「はい！」

嬉しそうに笑うスミレに、シエラも嬉しくなり、つられて笑った。

報酬を用意して、スミレに確認をしてもらい受領書にサインをもらったところで、そういえば、とスミレがシエラに話しかけてきた。

「今日、薬草の採取をしてたら、何人かの男の子が、森に入っていくのを見たんです」

スミレの言葉に、提出用書類をまとめていたシエラの手が止まった。

「……もしかして、スミレちゃんと同い年くらいだった？」

シエラの言葉に、たぶん、とこくんと頷くスミレ。

「同い年くらいなのに、もう森に入れるなんて、すごいなって思って。私もいつか、討伐依頼もこなせるようになれたらって思ってるから、少し羨ましくて」

「スミレちゃん、それ、見かけたのどのくらい前だった？」

「え？」

スミレの声を遮るように聞いてくるシエラに、少し驚いた顔をするスミレ。

「え、と。スズナ草を見つけて採取してる時だから……たぶん、一、二時間くらい前だった気が」

「わかった、ありがとう！」

そういうと、シエラは席を立って、職員専用の更衣室へと走っていき、しまってあった作業着に急いで着替えた。

「あれ？　シエラ、どうしたの？」

すれ違ったルーに聞かれて、外出するから、仕事、置いておいて、と伝えると、駆け足で二階へと続く階段を昇って行った。

「ジェルマさん、すみません。ちょっと緊急の要件なので、失礼します」

コンコン、とドアを叩くと、相手の返事を待たずに、ガチャッと扉を開け、シエラは中に入った。

「別に急に入られても困ることはねーんだが、せめて返事くらいは待ってくれよ」

ため息をつくジェルマに、シエラは緊急事態なので、とだけ答え、部屋にあるゲートに魔力を注ぐ。

「おいおい、どこ行くんだ？」

いきなりゲートを起動させるシエラに、ジェルマは思わず立ち上がる。

「……まだ、戻ってきていない子供の冒険者が五名いるんですが、彼らしき冒険者達が、一、二時間前に、森に入っていった、という情報を受けたんです」

シエラの言葉に、ジェルマは眉を顰める。

「とりあえず、一度森に行って確認をしてきます。申し訳ありませんが、ゲートを使用させていただきたいのですが、いいですか？」

ギルドから歩いて森まで行こうと思うと、少なく見積もっても三十分以上はかかってしまう。そうなると、日が完全に沈んでしまい、子供たちにも危険が及ぶ可能性が高くなってしまう。

「はぁ、お前、そういうのは起動させる前に言うもんだろうが。まぁいい。行ってこい」

ジェルマの言葉に、シエラは頭を下げた。

「行ってまいります」

シエラは光るゲートをくぐり、森に向かった。


森に到着したシエラは、目をつむり、深呼吸を一つすると、自身の持つスキル、索敵を展開し、森の中の様子を急いで確認していく。

「……いた！」

到着した場所から、北東の方向へ少し進んだ場所に、いくつかの生物の反応を確認した。反応の大きさと数から、おそらく、少年冒険者五人と、魔物か何か数匹が対峙《たいじ》しているようで、シエラは急いでその反応地点へとかけていく。

(間に合って！)

対峙している魔物がレベルの低い魔物でありますように。そう祈りながら走ること数分。そこには、仲間をかばうようにして、震えながら武器をもって対峙するターナーと、大きな白銀の鶏と、真っ黒な小さな鶏の姿があった。

(……嘘でしょ。まさか、よりにもよって……)

目の前の光景に、軽い眩暈《めまい》を覚えつつ、シエラは「待ってください！」と叫びながら、彼らの間に割って入り、ターナーたちをかばうようにして立ちふさがった。

「シエラねーちゃん！」

見知った人物の登場に、ターナーは思わずその場にへたり込んだ。

「大丈夫⁉　怪我はない⁉」

シエラが振り返らずに聞くと、ターナーは大きな声で泣き出した。

「た、ターナー君⁉」

ターナーにつられて、他の子達も泣き出す。突然のことに、シエラは動揺するも、視線を目の前の鶏達から外すことはできなかった。

「……また、お前か」

目の前の白銀の鶏、コッカトリスが呟くと、シエラは、彼がまだ自分たちのことを覚えていることに、少しだけ思案し、お久しぶりです、と頭を下げた。

「すみません、状況が少し、飲み込めないのですが、彼らがもしかして、何かしてしまったのでしょうか？」

その可能性は薄い、と思いつつ、シエラはまずは確認を、と聞いてみた。

「いや、なに、息子が無事に産まれたのでな。ちょうど、狩りによさそうな獲物が森をうろついていたので、連れてきたところだったのよ」

コッカトリスの言葉に、シエラは脳みそをフル回転させた。

（ターナー君たちは、特に何かをしたわけじゃない。ということはたまたま、運悪く、捕まっただけ。ってことは、まだ帰してもらえる可能性はある。けど、産まれた雛に、狩りを教えるために調達したってことだと、すんなりと帰してもらえる可能性は正直低い。今の私で出せる交換条件、何かないっけ……）

「無事に、あの卵は孵《かえ》ったんですね。よかったです。おめでとうございます」

まずは会話を引き延ばさないと、と思い、コッカトリスにお祝いの言葉を伝える。

「……はは！　娘。お前、面白いな！　この場でそんなことを言うか！」

コッカトリスが羽を広げて笑う。鶏に面白がられてもこっちは全然面白くない状況なんですけどね、と心の中でうっかり思ったことを、シエラは絶対に悟られないよう、ポーカーフェイスを必死で維持する。

「お前、名はなんという」

「……え、私の名前ですか？　え、と、私はシエラと申します」

突然名前を聞かれたので、なんでそんなことを聞くのかと思ったものの、ここは素直に対応して、どうにかここを離れる糸口を見つけるべきだと思い、答えて頭を下げると、ふむ、とコッカトリスが頷いた。

「シエラ、か。覚えておこう。私の名はコーカス。息子はトーカスだ」

「コーカス様とトーカス様ですね。今後とも、お見知りおきを」

シエラの言葉に、満足げに頷くコーカス。

「今日はもう日が暮れるな。シエラの知り合いのようだし、今回はその獲物たちは見逃してやろう」

コーカスの言葉に、シエラはパッと顔を上げた。

「本当ですか⁉」

どう交渉したものか、と思っていたところ、先方からの思わぬ申し出に思わずガッツポーズを取りそうになるシエラ。

「ただし、明日、代わりに何か食べ物を寄越せ。よいな?」

コーカスの言葉に、シエラは頷く。

「かしこまりました。ではまた、明日」

そのくらい、お安い御用よ！　と心の中で小躍りしながら、シエラは小さく会釈をすると、泣きじゃくっているターナー達を何とか立ち上がらせ、ゲートまで連れて行った。

無事にターナー達を保護して帰ってきたシエラは、ひとまず彼らを家まで送り届けた後、ギルドに戻り、ジェルマにさっきの出来事を報告した。

「というわけなので、明日、また森に行ってきます」

「そうか、明日、お前そういえばちょうど休みだったよな？　なら、仕事のことは気にする必要もないし、しっかり頑張ってこい」

ジェルマの言葉に、シエラは思わず、え？　と声を出した。

「いや、聞いてました？　私、明日、森に行かないといけないんで、行ってくるんですが？」

シエラの言葉に、ジェルマは首を傾げた。

「あぁ、だから、明日、森に行くんだろ？　明日はちょうど、お前休みだったから、仕事を誰かにお願いしていく必要がなくてよかったなって言ったんだが？」

ジェルマの言葉に、まさか、とシエラは恐る恐る聞いてみる。

「……あの、休日出勤手当、出ないんですか？」

シエラの言葉に、ジェルマは首をまた傾げる。

「森に行くのがなんで仕事なんだよ。コッカトリスと約束したのはお前で、そもそも、それはギルドの仕事じゃないだろ？」

ジェルマの言葉に、シエラは絶句する。

「いやいやいや、ちょっと待ってください。コッカトリスのもとに行ったのは、そもそも、冒険者の彼らを助けるためで」

「いやいや、お前こそ何言ってんだ。冒険者は自己責任。何があっても自分で責任を取らなきゃダメだって、初心者講習でまず伝えてるだろ？　その冒険者を助けに行ったのはお前の独断であって、ギルドの意思じゃない」

彼の言葉に、シエラは思わず言葉につまった。

ジェルマの言うことは正しい。彼らは、シエラが最初の講習で言った言葉を忘れ、慢心《まんしん》し、まだ、レベルに見合わない森に踏み込んだ結果、コッカトリスに攫《さら》われ、結果、自分達ではどうすることもできなかったのだから。

「だからって、まだ冒険者になって、成人して間もない子達を、見殺しにすればよかったって言うんですか⁉」

「彼らは成人の儀を受けた、立派な成人だろ？　第一、彼らが冒険者になりたてほやほやじゃなければ、それこそ、これがロイだったら。お前、助けに行ったか？」

「う……それは……」

「ほれみろ。今回お前が助けに行ったのは、あくまでもお前の独断。逆に言えば、幼い子だからという理由で助けに行ったお前の行動は、正直、彼らのためにはならない」

「でも！」

「最後まで聞け。今後、彼らが冒険者を続けていくつもりがあるのであれば、今回のことは、本当に運がよかったんだと、今後、いつも誰かが助けてくれるわけではない、ということをきっちりと教え込め。それができないなら、あいつらは確実に近いうちに死ぬ。その責任が取れないなら、冒険者ライセンスを取り上げることも視野に入れろ。わかったな？」

「……はい」

ジェルマが言っていることは間違っていない、正論だ。だが、間違っていなくても、気持ちとして納得ができるかといえば、素直に頷けるものではなかった。

「と、いうわけで、だ。明日、お前が森に行くことを仕事として認めることは、ギルドマスターとしてはできん。だが、お前が森に、私的に行くというのであれば、それについては止める権利はない。まぁ、助けに行くのをわかってて止めなかったんだ、明日もゲートくらいは貸してやる」

「ぐ、ぐぬぬ……」

ゲートを貸してもらえるのはありがたいのだが、なんだか上から目線なジェルマの言葉にどうしても心の中がモヤモヤするシエラは、心の中で『ジェルマさんなんて禿《は》げたらいいんだ！』と悪態をつきつつも、何も反論ができないことが少し悔しくて、シエラは小さく唸った。

「手ぇだしたなら、中途半端なことすんな。最後までちゃんとケツ持て。なんかあったら、骨は拾ってやる」

「わかりました……」

とりあえず、これ以上深く考えるのは止めよう、と自分に言い聞かせたシエラは、明日、森に向かうために、今日もいつも通り残業し、残っている業務を何とかすべて終わらせてから、仕事を上がった。

本日はお休みです

いつもより少し早めに起床したシエラは、身軽な格好に着替えると、財布を片手に宿舎を出た。まだ、空はうっすらと白んでいるくらいのこの時間帯だが、モルトの街で唯一、この時間帯が一番活気づく、広場の朝市へとシエラはやってきた。相変わらずの人の多さに圧倒され、珍しい織物やらアクセサリーやらに誘惑されつつ、今回の目的地である、食料品がたくさん並んでいる一角へと足を進めた。

「コーカス様に何か食べるものを持って来いって言われたけど……昨日のあの様子だと、たぶん、そもそも、狩りを教えるためにターナー君たちを連れて行ってたってことだよね」

お肉関連については、軒先に並んでいるのは当たり前だが、どれもすでに加工されたものばかりで、生きたままの状態で売られているものはまずない。

「……というか、肉でいいの？　肉で。いや、魔物や魔獣を狩って食べてるわけだし、肉食の分類ってことだよね？　でも、あの見た目、鶏《ニワトリ》、どっちかって言うと、ミミズとか穀物とか食べそうなんだけど……森の中じゃそっちより魔物や魔獣の方が調達しやすいから、とかって可能性もあるよね？」

魔法を使う、凶悪な巨大鶏。正直なところ、それが一般的なコッカトリスに対する認識だ。

「どう頑張っても、あれに勝てる気は一切しないし、機嫌を損ねたら、私の人生がそこで終わりかねない。となると、ここで下手なものは選べない……！」

そうなると、この間ギルドに持ち込まれたジャイアントボアのお肉なんかは、候補として悪くないのだが、候補として悪くない、ということは、分類するなら美味しいものに入るわけで、そういったものはもちろん需要があるので、お値段としても、お手頃価格とはいかなくなってしまう。

「うぅ……正直、給料日前だし、少しは貯金しているとはいえ、あんまり高額になるとちょっと厳しいし。ていうか、なんでコッカトリスのために私が自腹切って餌を買ってあげないといけないのよ……。って、よく考えたら、昨日、休日出勤なんか交渉するより、餌代出してって交渉したほうが良かったんじゃ……!?」

うっかりしてた！　と今更そのことに思い至った自分に絶望するシエラ。元をただせばターナー達のせいなのだが、さすがに、冒険者になってまだ間もない彼らに、君たちのせいだから、コッカトリスの餌代、出してくれる？　といえるほど、シエラも鬼ではなかった。

「何か、大量に安くていいものがあると、とっても助か、る……お？」

どんどんと容赦なく過ぎていく時間に、若干の焦りを感じ始めていたシエラの前に、山積みになっているマイス《トウモロコシ》が置いてある出店が目に飛び込んできた。

（……これ、悪くないかも？　ちょいと『鑑定』）

鑑定してみるも、特に状態が悪いわけでもなく、鑑定レベル十のシエラの鑑定でもおかしなところは出てこなかった。

「……すいませーん、このマイス、一本いくらですか？」

マイスの山で人がいるのかどうかが全くわからない状態だったので、とりあえず奥に向かって大きめに声をかけてみる。

「一本銅貨五枚だ。十本まとめて買ってくれるなら、銅貨四十五枚にまけてやる」

返事があったことに、少し驚くも、シエラはその内容に、ふむ、と思案した。

（今がちょうど旬の時期だし、値段も適正な感じ。鑑定の結果でも、おかしな結果は出てなかったし、悪くない。たぶん、まとめ買いすればまけてくれるって言ってる上に、この山積みのマイスの状態からすると、たぶんこれ、売れ残って困ってるハズ。なら、もうちょっとまとめて買えば、さらにまけてもらうこともできそうかな）

「もうちょっとまとめて買うなら、どう？」

シエラが聞くと、マイスの後ろから、ひょこっとおじさんが顔を出してきた。

「ねーちゃん、これ、どのくらい買う予定だ？」

在庫を捌くチャンスのにおいを嗅ぎつけて、おじさんが答えずにシエラに聞いてくる。

「んー、値段次第。これ、全部で何本くらいあるの？」

「全部？　あー、そうだな……ここにあるのは全部で二百五十本くらいだな」

おじさんの言葉に、シエラは、んー、と考えている風を装う。

「……これ、全部買うから、中銀貨一枚にまけてくれない？」

中銀貨は一枚当たりで銀貨十枚分（銀貨一枚で銅貨百枚分）になるので、銅貨なら千枚だ。単純計算でマイス二百本分。さっきの十本で銅貨四十五枚計算ならきっちり二百二十二本分になる計算だ。

「んー、それはちょっとさすがになぁ……その金額なら、マイス二百二十本ならいいぞ？」

おじさんの言葉に、シエラは眉をピクリと動かす。

「おじさん、さっき十本まとめて買うなら銅貨四十五枚にまけるって言ったよね？　それなら、中銀貨一枚で二百二十本でしょ？　二百二十本じゃ足りないんだけど？」

シエラの言葉に、おじさんはうっと言葉に詰まった。

「おじさん、私、これでも一応、ギルドの受付嬢やってるの。金勘定できない小娘だと思ってたら大間違いだよ」

「わ、悪かったよ。ちょっと勘違いしてただけだ。なら、マイス二百三十本でどうだ？」

頭を掻きながら、悪い悪い、と苦笑いを浮かべるおじさんに、シエラはフルフルと頭を振った。

「嫌。さっきの、さすがに気分が悪いわ。だって、私がもし計算できなければ、おじさん、本当は私が買えるはずの二本をごまかしてたでしょ？」

シエラの言葉に、おじさんはまた、言葉に詰まる。

「ねぇ、商売において、一番大事なもの、おじさんならわかるでしょ？　信用だよ？　それをおじさんは自分でダメにしておいて、マイスたった八本で収めようって、それはさすがに虫が良すぎるんじゃない？」

にっこりと微笑むシエラ。

「いいんだよ？　大きい声で、ここのおじさんは、計算ができないお客にはボッタくってくるって、なじみの冒険者やお店の人に言っても」

ある意味、脅迫である。おじさんの顔色がみるみる悪くなっていく。

「それでも、中銀貨一枚でマイス二百五十本は無理？」

シエラが言うと、おじさんは、いつの間にやら、二本ちょろまかそうとした代償がとんでもなく大きくなってしまっていると、頭を抱えた。

「頼む、マイス二百四十本で勘弁してくれ……それ以上は本当に無理だ」

その言葉に、シエラはにっこりと笑った。

「じゃ、それでいいよ。中銀貨一枚と銅貨四十五枚で、ここにあるマイス全部頂戴」

「ま、毎度あり……」

疲れ切った表情のおじさんに、シエラはいい買い物ができた、とニコニコと満面の笑みを浮かべた。


一度宿舎に戻り、朝食を取り終えたシエラは、ギルドへと向かった。

「あれ？　シエラちゃん、おはよう。今日は休みじゃなかったっけ？」

ギルドに入ると、ちょうど出ていくところだった、シエラの担当冒険者パーティーの『明けの明星』の二人に出くわした。

「あ、ダエルさんにエマさん。おはようございます。今日はお休みなんですが、ちょっとギルドに用事があったので。お二人はこれから依頼ですか？」

シエラが聞くと、二人は小さく頷いた。

「どうも、ゴブリンが森の奥に集落を作ってるかもしれないって話が出ててね、調査の指名依頼が来てたから、今から森に向かうところだったのよ」

ふぅ、と少し困り顔でエマが答えた。

「あぁ……そういえば最近、ゴブリンスカウトを見たっていう冒険者の方の情報がいくつか上がってきてました。なるほど、集落、か……」

「ああ、だから今から、事実確認に行ってくるよ」

「はい、お二人とも、お気をつけて行ってきてください」

シエラがペコっと頭を下げると、二人は手を振りながら、行ってきます、と言って、門の方へと向かって行った。

(ゴブリンの集落、か。……できてたら、厄介だなぁ……)

まだ確定しているわけではないものの、可能性が高そうなその情報に、シエラはげんなりする。

ゴブリンは基本的にFランクの初心者冒険者が討伐依頼を受けることが多い。そのことからもわかるように、そもそも、ゴブリン自体の脅威度は高くない。

だが、稀に、ゴブリンが群れを作ることがあり、その群れが大きくなると、集落として、ゴブリン達が村のようなものを作ることがあるのだが、これができると一気に脅威度が跳ね上がってくる。

まず、ゴブリン達をまとめている上位種の存在。上位種の中には、魔法を使ってくるゴブリンメイジや、ゴブリンを指揮し、戦術まで使ってくるゴブリンキングなどがおり、これらを相手にするのはかなり厄介になってくる。さらに、当然、ゴブリン達も餌を求めてやってくるため、周囲の村や町を襲撃する可能性が高くなる。ゴブリンスカウトが目撃されているということは、その可能性は極めて高い、と言わざるをえず、こうなってくると、ギルドとしても、いち早く状況を確認し、集落ができているのが事実であれば、集落をつぶしにかからねばならない。

（……まぁ、『明けの明星』の二人なら、とりあえず、状況確認であれば問題ないだろうし、報告を待てばいいや）

うんうん、と頷き、シエラはギルドの中へと移動する。

「あれ？　シエラ。今日はお休みじゃなかった？」

シエラの姿に気づいたルーが、声をかけてきた。

「ルー、おはよう。ちょうどよかった。マジックバッグって今、まだ予備が残ってたよね？　あれの貸し出し手続き、お願いしてもいい？」

「いいけど……マジックバッグなんてなんに使うの？」

首をかしげるルーに、シエラは笑って答えた。

「マイスをちょっとね、大量に運ばなくちゃいけなくなったから」

「は？」

シエラの言葉に、さらにルーは首を傾げた。

マジックバッグとは、空間魔法によって、見た目以上の収納ができるという魔道具の一種だ。誰でも使える代物のため、需要はとても高いのだが、空間魔法をバッグに付与する、というのがなかなか難しく、大容量を安定して付与できる付与魔法使いがいない現状の為、マジックバッグ自体の値段がかなり高く、普通の人の生活費二、三か月分が相場という高級品なのだ。

もちろん、シエラもそんな高級品はもっていないのだが、モルトの各ギルドでは、大量素材の運搬等で必要になることが多いため、ある程度の容量があるマジックバッグを何個か保有しており、職員特権として、申請さえすれば、マジックバッグを貸し出してもらうことができるのだ。

無事にマジックバッグを借りられたシエラは、急いで広場に戻り、先ほどのおじさんにお金を支払って、購入したマイス二百五十本をマジックバッグに収納していく。

「あんた、便利なもん持ってんだな」

「いやいや、これ、私のじゃないです。ギルドの貸し出し品なんで」

おじさんの言葉に、シエラは苦笑する。

「まぁそうか。高級品だしなぁ」

シエラもこくりと頷く。

「自分でも空間魔法が使えるといいんですけどねー」

「そうだなー。ま、空間魔法なんて使えるなら、俺は農家なんてやめちまうけどな!」

「……私も、ギルドの受付嬢、やめると思います」

あはは、と二人で苦笑する。

「それじゃおじさん、いい買い物ができました。ありがとうございます」

「いいよいいよ。こっちも悪いことしたしな。次からは気を付けるよ」

「はい、そうしてください」

「厳しいねぇ」

苦笑するおじさんに、シエラは手を振り、その場を後にすると、屋台で自分のお昼にと、串焼き肉やサンドイッチをいくつか購入し、また、ギルドへと戻っていった。

「あれ？　シエラ、今度はどうしたの？　何か忘れ物？」

休みの日にまた現れたシエラに、ルーが聞いてくる。

「ううん、ちょっとね。あ、ジェルマさん、執務室にいる？」

「うん、いるよー。ちょうど帰ってきたところ。ゴブリンの件で、他のギルドと会議があったみたい」

「あ、なんか、集落作ったかもって話？　今朝、『明けの明星』の人たちからちょっと話聞いたけど」

「そう、それそれ。なんか、集落の件、大型かもしれないって話も出てたみたいだよ」

ルーの言葉に、シエラはマジか、と小さく呟く。

「とりあえず、ちょっとジェルマさんとこ行ってくるわ」

「ん、いってらー」

ひらひらとルーに手を振り、二階への階段を上り、ギルドマスターの執務室のドアをノックし、失礼します、と声をかけて、中に入った。

「すいません、今ゲート使ってもいいですか？」

来客用のソファーに横たわっているジェルマを無視して、シエラはゲートに魔力を注ぐ。

「お前、いいかダメかの答え聞く前に起動してんじゃねーか」

視線だけをシエラの方に向けて答えるジェルマに、シエラは肩をすくめた。

「あ、起きてましたか。一応、声だけはかけたという事実が必要かと思って言っただけなので、許可はぶっちゃけ求めてません」

シエラの答えに、特大のため息をつくジェルマ。

「いいじゃないですか。コッカトリスさんのご機嫌伺《接待》いを、自分の休みを使ってしに行くんですから。それに、ジェルマさんがゲートくらい使わせてやるって言ったんじゃないですか」

ぷぅっと頬を膨らませながら言うシエラに、ジェルマは面倒くさそうに手を振る。

「はいはい、わかったよ。別に今から使う予定はねーから問題ねーよ。気を付けて行ってこい」

「はい、行ってきます」

シエラは小さく頭を下げると、起動が完了した、光るゲートをくぐった。


森に到着したシエラは、とりあえず、と索敵を開始する。と、見覚えのある反応を見つけたので、シエラはその反応の方へと足を進めた。

「コーカス様、トーカス様。シエラですー」

白銀の巨大コッカトリスと漆黒の小さめサイズのコッカトリスを見つけると、シエラは声をかけた。

「おぉ、シエラ。やっと来たか、遅かったな」

シエラの姿に気づいたコーカスは、踏みつけていた何かにグッと力を込めた。

「ぎゃぁ!!」

踏みつけられたそれは、大きな声を上げて、絶命する。

「……すみません、もしかして、狩りの最中でしたか?」

シエラが聞くと、コーカスは気にするな、ただの暇つぶしだ、と答え、シエラの方へと寄ってきた。暇つぶしですか、と呟き、潰れて原形を完全に失った何かを見て、シエラは顔を引きつらせた。

「で？　何を持ってきたのだ？」

シエラの方に顔を近づけ、ふんふん、と何かを嗅ぐしぐさをする。

「あぁ、はい。これです」

シエラはマジックバッグから、マイスを一本取り出した。

「お肉よりマイスの方がもしかしたら食べられる機会が少ないかな、と思って」

シエラが差し出すと、コーカスよりも先に、トーカスがマイスを奪い取って、黄色い粒粒の実をつついて食べていく。

「シエラ、もしやあれだけか？」

コーカスの言葉に、シエラは慌てて首を振る。

「いえ、もっと持ってきてます！　ただ、ここで全部出していいのかわからなかったので、とりあえず一本だけ出したのですが……コーカス様もここで食べられますか？」

シエラの言葉に、コーカスは頷く。

「早く出せ！」

「は、はい」

シエラが慌ててバッグから取り出すと、コーカスはすかさずそれを奪い取り、つついて食べる。

「いかがですか……？」

二匹の様子から察するに、問題はないだろうと思いつつ、念のため確認をする。

「うむ！　気に入った！」

コーカスの言葉に、シエラはほっと一息をついた。


「では、ここに置きますね」

コーカスに案内され、彼らの巣に移動したシエラは、持ってきたマイスをどんどんそこに積み重ねていく。

「おぉ、中々の量じゃないか」

シエラが置いていくそばから、コーカスとトーカスはマイスをついばんでいく。購入したマイスを全部置き終わると、シエラもここでお昼を食べていいか、とコーカスに聞き、了承を得たので、買ってきた串焼き肉とサンドイッチを食べ始めた。

「む、それも何やらよい匂いがするな」

マイスを食べていたはずの二匹がいつの間にかシエラの前に立っていた。

「えと……あまり数はありませんが、良ければこちらも召しあがられますか？」

串焼き肉とサンドイッチを差し出すと、二匹はそれぞれを一つずつついばんだ。

「む、これも悪くないな」

「加工品だったので、正直、コーカス様たちが食べても問題ないのかがわからなかったので、今回、選択肢に含めていなかったんですが……もしかして、こちらのほうが好みでしたか？」

シエラが聞くと、コーカスは少し考えた後、フルフルと頭を振った。

「いや、マイスの方が良いな。こちらもたまに食べる程度ならばよいが、味付けが少々濃すぎる」

コーカスの言葉に、なるほど、とシエラは頷いた。

持ってきていたマイスの三分の一程度がなくなったあたりで、コーカスもトーカスも、マイスを食べるのをやめた。満足げなコーカス達に、シエラは安堵する。

「コーカス様にも、トーカス様にも、満足いただけたようで、良かったです」

シエラが笑うと、コーカスはククっと笑った。

「くだらない物でも持ってくるようであれば、シエラを獲物にしてやるつもりだったがな」

コーカスの言葉に、シエラは青ざめる。

「ほ、ほんとによかったです。気に入っていただけて……」

あはは、と乾いた笑いを浮かべるシエラに、トーカスがすりすりとすり寄ってきた。

「心配はいらん。どうやらトーカスはお主を気に入っているようだしな。悪いようにはせんよ」

「そ、そうなんですか？」

ちらりとトーカスを見ると、目を細めて、シエラにまた、すり寄ってくる。なんとなくその様子が可愛くて、シエラは小さく笑い、トーカスを撫でた。

「トーカスが成長するまでの間、しばらくここにいるつもりだ。シエラはいつでも来るがいい。マイスを持ってくるなら、歓迎するぞ？」

コーカスの言葉に、シエラは頭を下げた。

「あはは、ありがとうございます。また、いいマイスが手に入ったときは、お持ちしますね」

（できる限り、会いたくはないので、できる限りそんな機会が来ないことを祈ってますけどね）

心の内は悟られないようにしつつお礼を言い、シエラは来た道を戻り、ゲートを使って、街へと戻った。

緊急クエスト

「休み明けって、なんでこんなに仕事があるの……？」

朝一の受付業務の後、休みの間に代わりに対応をしてくれた業務の引継ぎを受け終えたシエラは、机に突っ伏していた。ぼそっと呟くシエラに、ルーはにっこりと笑って、書類の束を横にドンと置く。

「仕事してないからじゃない。当たり前でしょ？　シエラが休みでも、ギルドは休みじゃないんだから」

誰かが休みの間、その人の担当分を丸々残す、ということはしておらず、もちろん、処理できる仕事については、代わりに出勤している者で分担して対応することになっている。だが、ギルドに所属している冒険者の場合、ある程度のランクになると、受付嬢が一人、担当として付くことがほとんどで、そういった冒険者の対応については、担当の受付嬢が最終確認を行う必要があるため、どうしても最後まで終わらせてもらう、ということができない現状があった。

「うぅぅ……どうしてギルドにはお休みがないの⁉」

こんなことを言ったところで、どうしようもないことはわかっている。わかっているのだが、シエラは愚痴らずにはいられなかった。

「……そんなこと、魔獣や魔物にでも文句言いなさいよ。週に一度は人前に現れない日を作ってくださいって」

「言ってやってくれるなら、いくらでも言うわよ……」

もちろん、魔物たちがそんな人間の都合を聞いてくれる訳が無いことくらい、百も承知だ。

「はぁ……お休みは欲しいけど、休み明けに仕事量が増えることを考えると、休みたくない。いや、休みはやっぱりほしい。でも仕事忙しくなるのは嫌だし……」

どう考えても堂々巡りである。

諦めるほかない。

「ほら、ちゃちゃっと済ませちゃいなさいよ。下手したら、明日からしばらく忙しくなる可能性もあるんだし」

ルーに言われて、シエラは眉を顰めた。

「え、なに？　嫌な予感がするんだけど」

「あれ？　まだ聞いてないの？」

「何？　何の話？」

体を起こしてルーに聞くと、横からひょこっとオーリが顔を出してきて答えた。

「姐さん、昨日お休みだからまだ聞いてないんですね。実は、噂されてたゴブリンの群れなんですが、相当大規模な集落を作ってたみたいなんです」

絶句するシエラ。

「ちょっと待って、昨日、確か『明けの明星』の二人が偵察にちょうど行くところを見送ったけど……え、まって、どういうこと？　早すぎない？」

街から問題の森までは、歩いて半日、馬の脚を借りれば二、三時間という距離ではあるが、群れの場所や規模、どの種類のゴブリンがいるのか等を確認することを考えると、正直、一日で調査をして戻ってくることは難しいはず。

「『アースファイア』。覚えてる？」

シエラはパーティー名を聞いて、なんで急に？　と首を傾げる。

「え？　『アースファイア』って、うちで活動停止処分出してたBランクパーティーの、あの、『アースファイア』？」

『アースファイア』とは、Bランク冒険者四人で結成された冒険者パーティーだ。だが、彼らは素行に少々問題があり、とある事件をきっかけに、モルト第一ギルドから彼らへ周囲への対応について、改善勧告が出された。が、その後暫く様子を見ていても、改善されることがなかった為、活動停止処分が下され、現在、モルト内での依頼受注や迷宮《ダンジョン》探索ができない状況となっているパーティーだった。

「そう、そのアースファイアがね、どこでこの情報を嗅ぎつけてきたのか、ゴブリンの集落の探索に、いくつかのパーティーが出てるってことで、先回りして集落をつぶそうとしたみたいなのよ。きっと、活動停止処分を撤回させたかったんじゃないかと思うんだけど」

「は!?」

シエラが信じられない、と驚いた表情を浮かべると、ルーは、驚く気持ち、わかるわ、と、うんうん頷いた。

「うちからは、『明けの明星』以外にも声をかけてたから、複数のパーティーが今回の探索に出てたんだけど……たまたま、『腹ぺこ冒険者』のパーティーが探索してたら、突然爆発音がしたらしくて。で、慌てて音のした方に行ってみたら、交戦してる『アースファイア』がいたらしいわ。『アースファイア』のメンバー四人に対して、ホブゴブリンが五匹、メイジが二匹、姿は見えなかったらしいんだけど、矢が時々飛んできてたって言ってたから、たぶん、アーチャーもいたんじゃない？『アースファイア』のメンバーはもうボロボロで、とにかく、『腹ぺこ』の人達は、彼らを連れて、何とか逃げ切るので精いっぱいだったって言ってたっけ」

絶句するシエラ。

「で。結果、ただの偵察だったはずが、『アースファイア』が交戦してしまったせいで、ゴブリン達が敵対行動をとる可能性が高くなっちゃってて。今日にでも、緊急で、ゴブリンの集落の殲滅《せんめつ》依頼が出る予定になってるのよ」

シエラは天を仰ぎ、そっと、両手で顔を覆った。

「というわけで、みんなも知ってると思うが、これから緊急クエストを出す」

会議室に招集された受付嬢たちは、ジェルマの言葉に、ごくりと唾を飲み込んだ。

「あのクソども《アースファイア》が先走ったせいで、悠長なことが言ってられなくなった。街にいつ被害が出てもおかしくない。なのでまず、今日、緊急クエストとして高ランクパーティーへの参加依頼と、低ランクパーティーへの森への侵入禁止の通達を行う。それと、その他、必要になると思われる物資の調達と、偵察に行ってたやつらからの情報のとりまとめと報告だな。んで、明日、討伐に向けて出発し、そのフォローを行うってな流れだ。今のところまでで質問は？」

聞かれるが、誰も特に質問はないため、声は上がらない。

「じゃ、続けるぞ。高ランクパーティーへの依頼と、進入禁止通達に関しては、ルーとオーリ、それからアミットとキリルで対応してくれ」

『はい』

「物資の調達に関しては、アヤが指揮をして、解体部隊の奴らを使って対応」

「わかりました」

「偵察に行ってたやつらからの情報のとりまとめはシエラ、お前だ」

「……わかりました」

昨日の休みの間に溜まっていた仕事もまだ終わっていないというのに、なんてことをしてくれたんだと、シエラの表情は死んでいた。

「それじゃ、各自よろしく頼む。俺は他のギルドに話つけに行ってくるから、出かける。では、解散」

ジェルマの言葉に、受付嬢たちは部屋を出て、それぞれ指示された仕事に取り掛かった。

「ダエルさん、エマさん。昨日の偵察内容について、報告をお願いします」

「おう。まず、俺らの担当は森の西の方だったが……」

偵察依頼が出ていたパーティーは全部で四つ。そのうち、『腹ぺこ冒険者』のパーティーに関しては、昨日、負傷者も出ているとのことだったため、最後に回すことにし、まずは他の三組から、一組ずつ話を聞くことにした。

「では、小川のあたりから、少しずつ痕跡が確認できた、ということでいいですか？」

「そうね。あと、この辺りに、以前はなかったはずの、洞穴ができてたわ」

「洞穴、ですか」

地図に新しい情報を書き込んでいきながら、二人の内容をメモにも書き残していく。

「……わかりました。ありがとうございます。あとでまた、少しご意見を伺いたいので、外で待っていていただいてもいいですか？」

シエラが言うと、わかった、と頷き、二人は部屋を出て行った。『明けの明星』が出ていくと、次の冒険者パーティーの五人が部屋に入ってくる。

「お忙しいところ、すみません。早速ですが、昨日の偵察内容について……」

『明けの明星』と同じく話を聞き、地図とメモに書き込んでいく。三つのパーティーの話を聞き終えたところで、時刻はすでに十三時をまわっていた。

シエラは地図とメモを手に取ると、外にいる三組に、一旦、昼休憩をとってもらって大丈夫である旨と、十四時までには戻って来てほしいとお願いした後、隣接する病院へと移動した。

「すみません、お加減はいかがですか？」

病院の受付で、『腹ぺこ冒険者』たちのいる部屋を確認して、彼らのいる大部屋の中に入り、シエラは声をかけた。

「あぁ、シエラちゃん。俺たちは大丈夫、念のため、見てもらってるだけだし、明日にはまた、いつも通りだよ」

そういったのは、『腹ぺこ冒険者』のリーダー、ヤマトだった。一通り、他のメンバーも見てみたが、目立った大きな外傷はなさそうだったので、シエラはほっと胸をなでおろした。

「大きな怪我がなくてよかったです。早速で申し訳ないのですが、昨日の偵察の件のお話を、もう一度伺ってもいいですか？」

昨日、『アースファイア』のメンバーを連れて戻ってきたときに、軽く聞き取りは行っていると、ルーから聞いていたのだが、念のため、もう一度、内容に相違がないか、忘れていたことはないかの確認のため、情報確認を行った。

「……ありがとうございます。では、私はこれで」

一通り聞き終えたシエラは地図とメモをパラパラと確認していきながら、立ち上がると、『腹ぺこ冒険者』たちに頭を下げた。

「明日にはいつも通り、ということでしたので、緊急依頼の受注、よろしくお願いしますね」

にっこりと笑うシエラに、腹ぺこ冒険者のメンバーたちは苦笑いする。

「人使い荒いよなー、シエラちゃんは」

「一応、怪我人だぜ？　俺たち」

「それだけ軽口が言えるなら大丈夫ですよ。戦力として期待してますから」

シエラが言うと、彼らは苦笑いを浮かべながら、わかったよ、と頷いた。


ギルドに戻ってきたシエラは、集まった情報をまとめ、地図の内容も最新のものへと更新する。

新版の地図をいくつか作成し終えたところで、ちょうど十四時が来たので、お昼から戻ってきた三組の冒険者たちを会議室に招き入れ、彼らに最終チェックをしてもらった。

「では、地図の内容は、これで大丈夫ですね。あとは、ここから推測される、集落の規模なんですが」

シエラが言うと三組ともみんな、渋い顔をする。

「正直なところ、かなりの大規模なものだと思う」

「あぁ、俺らも同意見だ。腹ぺこの奴らが遭遇したゴブリン達のことを考えても、正直、斥候役《せっこう》にゴブリンメイジまで出張《でば》ってきてる時点で異常だろ」

「そうね、普通はゴブリンスカウトとゴブリン数体程度のはずなのに、ホブゴブリンもいて、メイジまでってなったら、相当な規模である可能性が高いと思うし、たぶん、最終チェック段階だったって可能性も高いと思うわ」

通常、周囲の偵察として現れるのは、ゴブリンスカウトと呼ばれる斥候が得意なタイプがほとんどで、彼らはゴブリン数体と一緒に行動をしていることが多い。稀に、集落が大きく、ゴブリン達に余裕がある場合は、ホブゴブリンと呼ばれる、ゴブリンの上位種が一緒に偵察を行っていることもあるのだが、今回のように、魔法の使えるゴブリンメイジや、弓を使って遠距離攻撃・牽制を行う、ゴブリンアーチャーまで偵察に出てくるというのは、今まで聞いたことがなかった。

「相当、面倒臭《たいへん》いってことですよね」

シエラの言葉に、冒険者たちは苦笑いする。

「とりあえず、ギルドマスターが戻り次第、考えられる対抗策と、集落の候補地点、それから、抜け道の可能性がある場所と、つぶすべき場所と確認すべき場所を検討して、またご連絡させていただきますね。明日から大変になると思いますので、今日はゆっくり体を休めてください。皆様、ありがとうございました」

ペコリと頭を下げ、感謝の言葉を告げる。三組のパーティーを見送ったのち、シエラはゴブリンと『アースファイア』達への殺意を必死で抑えながら、地図とメモの内容を検討しつつ、ジェルマの戻りを待った。

ジェルマがなかなか戻ってこないので、シエラ達受付嬢は、一度会議室に代表者が集まり、進捗を報告しあった。

「正直なところ、これ、うちのギルドだけじゃ手に余るよね」

ため息混じりにルーが言う。

「そだね。高ランカー、どのくらい集まりそう？」

シエラが聞くと、ルーは大きくため息をつきながら答える。

「正直なところ、今回はタイミング悪く、抱えてるAランク以上の冒険者がほとんど依頼で出ちゃってるんだよね。召集状は出したけど、明日までに戻ってこれる人がいるのかはわからないわ。時間がなさすぎるのよ」

そうだよね、と、シエラも難しい表情を浮かべる。

「物資に関してはなんとかなりそうなんだけど……それにしても、なんで今回、こんな大規模な集落ができた事に、誰も気づかなかったんだろ？」

アヤがそう言いながら首をひねった。

そもそも、ゴブリンが集落を作るほど数が集まっている場合、近隣の村や町に、必ず被害が出てくる為、それに伴い、ゴブリン退治の依頼が明らかに増えてくるはずなのだ。だが、ゴブリン退治の依頼に関しては、通常の範囲内程度しかなく、それといった兆候は現れてはいなかった。そうなると、奴らはどうやって集落を作れるまでに巨大化できたのか、という疑問が出てくる。

「わかりやすい兆候でもあれば、もう少し早く対応できたかもしれないっていうのにね」

ルーの言葉に、シエラとアヤも頷くが、たらればは話はしていてもキリがない。とにかく、今はできる事をしていくしかなかった。

「とりあえず、メインがBランク冒険者になりそうってことだよね。人数は……？」

ちらりとルーを見る。

「今のところ、動けるのは七か八パーティーくらい。他は迷宮《ダンジョン》に潜ってたりしてて、連絡がつかないから、あまり期待しない方がいいわ」

その言葉にガックリと項垂れる。

「わかった。とりあえず、動けるのがわかってるパーティーメンバーのリストをもらっていい？　それと、Cランクで捕まる人たちのリストも」

「了解」

「とりあえず、一旦解散。ギルドマスターが戻ってきたら、また、集まろう」

「そうだね、わかった。引き続き、倉庫の方に居るから、また集まる時は声かけて」

「うん、わかった」

そして三人はそれぞれ、持ち場へと戻った。


「シエラ、ジェルマさん、戻ってきたよ。部屋まで来いって」

冒険者たちの今日の依頼分の報告の受付と、明日から開始される緊急依頼の受付業務に、死んだ魚のような眼をして対応をしていたシエラに、アヤが声をかける。

「……わかった、とりあえず、この流れが切れたらすぐに行く」

つい二時間くらい前から、同じことをずっと続けているような気がしてならないが、それはきっと気のせいだろうと何とか自分を洗脳《自分に言い聞かせ》して、仕事を続ける。

半ばBOT状態になっているシエラだったが、何とか残っていた数人も捌ききり、ジェルマの執務室へと急いだ。

「すみません、遅くなりました」

ノックはするが、返事を待たずに部屋に入る。普段なら確実に咎められるところだが、今日に限っては、ジェルマも何も言わず、小さく頷くだけだった。

「……他のギルドの方はどうでしたか？」

もちろん、協力を取り付けてきてくれてますよね？　という無言の圧力をかけつつ聞くと、ジェルマは小さく頭を横に振った。

「う、嘘でしょ……」

ジェルマの回答に、言葉を失う。

「第二ギルドの方は、例のごとく、迷宮《ダンジョン》のことで手いっぱいで、余裕がないし、担当パーティーもみんな迷宮《ダンジョン》に潜っていて居ないらしい。第三ギルドの方は、鉱山の調査に数日前に多数の冒険者を派遣していて、こっちも余裕がない」

「じゃ、第四ギルドは」

一番望みが薄い気もするけど、と思いながらシエラが聞く。

「……王族の関係者が今、こっちに向かってきてるらしくてな。高ランカーは途中で警護を交代する関係で、そっちに出払ってるらしい」

ジェルマは小さく舌打ちをして答えた。

「は？」

「ちなみに、ただのプライベートだそうだ」

シエラも思わずチッと舌打ちをする。

「途中どこかで腹でも壊せばいいんですよ。寝込めばいい」

「……とにかく、第二ギルドの方は、迷宮《ダンジョン》の方に規制をかけて、調整はかけてくれるそうだ。第三ギルドの方も、調査に出してる冒険者に、早めに戻ってくるよう、連絡はしてくれるらしい。……どっちにしても、時間がかかると思うがな」

天井を仰ぎながら、ジェルマは目を手で覆う。

「とりあえず、うちのギルドの現在の状況です。正直、何とかなるとは全く思えませんが、でも、このメンバーで何とか対応をするしかないですね」

ジェルマは受け取った書類に目を通すと、バサッとその書類を机の上に放り投げた。

「せめて、Sランクとは言わないから、Aランクの冒険者がいてくれれば助かったんだが……」

「ないものねだりしても仕方ないですよ。確かに、猫の手も借りたい状況ではありますが」

シエラがフルフルと頭を振りながら答える。

「そうだな、いっそ、強力な魔獣でも魔物でも出てきてくれて、つぶしあってでもくれた、ら……あ」

ジェルマがふと、何かを思いついた顔をする。

シエラも、ジェルマの言葉に、あ、と小さく顔を上げた。

『ちょうど良いのが居た！』

シエラとジェルマの言葉が見事にハモった。

「いや、でも、そもそも俺たち人間の都合で動いてくれるか……？」

「今なら……正直、普通なら絶対に無理ですが、今なら可能性はあると思います。ちょうど、トーカス様が産まれたところで、狩りの練習をしたいみたいでしたから。それに、マイスをめちゃくちゃ気に入ってたんで、あれを手土産に持っていけば、チャンスはあると思います！」

シエラの言葉に、ジェルマはよし、と頷く。

「シエラ。お前、今から買えるだけマイス買ってこい。そうだな、マイスだけじゃなくて、念のため、ありとあらゆる野菜買ってこい。金はギルドに請求するようにしろ」

そう言って、ジェルマは書類を取り出して急いでガリガリと記入していく。

「ほら、これを持っていけばいい。後はわかってるな？」

ジェルマの言葉に、シエラははい、と頷いて、急いで執務室を出た。

自分の席に戻ると、急いでマジックバッグの数を確認し、貸し出し手続きを始める。

「ルー、ごめん！　ちょっと私、急ぎの仕事が入ったから、少し出てくる」

「え？　ちょ、シエラ⁉」

状況が飲み込めていないルーに短くそう言い残して、残っていたマジックバッグを持って、商店街へと向かった。

使えるマジックバッグは小さめのサイズのものが二つだけ。正直、これに入る分だけでどうにかできるのか、不安しかなかったが、それでも、手土産なしでは確実に目的が達成できないことはわかっていたので、急いでまだ開いている八百屋をシエラは探した。

「す、すみません！　まだ、買い物できますか⁉」

明らかに店じまいをしている最中の八百屋に、シエラは慌てて駆け込み、声をかける。

「お？　シエラちゃんじゃねーか。どうした、この時間はまだ仕事だろう？」

店主が片付けていた手を止め、不思議そうに聞いてくるので、シエラは、マイスはありますか？と聞く。

「マイス？　マイスなら、今日はまだそこに、ほれ」

主人の指さす先には、マイスが積まれたかごが三つほどあった。

「マイスは、これで全部ですか？」

シエラが聞くと、主人は頷いた。

「ちょっと時季が外れてきたからな、売れ残ってはいるが、まだそれでもそれなりに需要はあるからなぁ」

シエラは、他に店先に残っている物が何かを確認する。

「……とりあえず、そのマイス、全部ください」

「え⁉　全部⁉」

独身女性が食べきるには多すぎる買い物に、主人は驚く。

「あと、そこにある豆類と穀物系も全部買います！　請求は、第一ギルドまでお願いします！　これ、書類です！」

「えぇ⁇　ぎ、ギルドに請求⁇」

「おじさん、時間がないの！　急いでお金、計算して！　これ、全部バッグに詰めるよ⁉」

シエラにせかされ、何が何だかよくわからないまま、主人はとりあえず、すべての数を数え、メモをする。シエラはそのメモの内容に、種類とそれぞれの単価を主人に聞きだすと、それらをポケットに入れていたメモに書き込んでいき、主人に内容に相違がないかをチェックさせた。

「それじゃこの書類をギルドに持ってきてもらったら、係りの者が支払いしますので！　申し訳ないですが、緊急事態なので！　お金受け取りに来いとか、ホントすいません‼　後でいくらでも、説教でも文句でも何でも聞きますから！　それじゃ！」

「あ、ちょっと⁉」

詳細が全くわからないまま、取り残された主人は小さく頭を掻いた。


ギルドに猛ダッシュで戻ってきたシエラは、そのまま二階へと駆けあがり、ギルドマスターの執務室へと向かった。

「ジェルマさん！　ゲート、借ります！」

シエラはノックもせずに、執務室に突入する。と、そこにはジェルマの他にも二人ほど、姿があった。

（げ、やば）

そこにあったのは見覚えのある顔。一人はこの街の領主の側近。もう一人は、近衛騎士だったはずだ。明らかに、平民である自分よりも身分が上の人がいたため、謝っただけではすまないかもしれない（というか、普通は謝ってすむレベルを明らかに超えている）という事実に固まるシエラ。

その様子を見て、ジェルマは頭を抱えた。

「お前……前から言ってるだろうが。部屋に入るときはノックをする、俺の了承が出てから部屋に入る。つーか、人の部屋なんだから、常識だろうが」

シエラは一瞬、言葉に詰まる。

「うっ……す、すみません……。で、でも、ちょっと今は緊急時ですし……、ちゃんと次からは（たぶん）気を付けます」

ごにょごにょと答えるシエラに、ジェルマはやれやれ、といった表情で小さく頭を振った。

「ほら、これ、持っていけ」

「うわわ！　ちょっと、急に投げないでください！」

渡されたのは連絡用の通信ができる特殊な魔道具で、リンクの魔法でつながれた魔石同士でのみ、会話ができるという代物だ。

「万が一に備えて、お前が森に行った後、このゲートのリンクを一度切る」

「……ですよね。仕方ありません」

ゲートは事前に仕込んである各所へ、魔力を注げばつながるようになっているが、一度つなぐと、元のゲート側でリンクを切らない限り、つながったままになる。つまり、シエラがゲートを使い、森に行く、ということは、そのままにすれば、森の方からもゲートの入り口を使って、ギルドマスターの執務室に入れてしまうのだ。

そう、森に今溢れていると思われる、ゴブリン達が、ゲートをくぐって、街に来ることが可能になる。

「とりあえず、まずは交渉に行ってこい。戻ってくるときは、その通信魔石で連絡してこい」

「わかりました。それじゃ、行ってきます」

「おう、行ってこい」

「失礼します」

シエラはゲートに魔力を注ぎ、起動させると、頭を下げ、そのままゲートをくぐった。

ゲートを抜けると、シエラは無事に、ここ数日で何度もやってきた森に到着した。振り返ると、そこにあったはずの入り口は閉じてなくなってしまっている。

（……とにかく、まずはゴブリンに鉢合わせしないように進まないと）

深呼吸をすると、シエラはスキルを使って索敵を始める。

（……ていうか、ジェルマさんナイスだったわ！　このままNO《あの》ノック入室《失敗》のことは有耶無耶にしてやる！）

そう意気込んだと同時に、自分の背後に大きな気配を感じ、慌ててシエラは振り返った。

「あ……トーカス、様。げ、元気にしてましたか？」

そこには漆黒のコッカトリス、トーカスの姿があった。

「ケーーーー！！！！！」

トーカスが叫ぶ。あまりの声の大きさに、シエラは思わず耳をふさいだ。

「む？　なんだ……シエラではないか。お前、そんなに頻繁にここにやってくるとは、暇なのか？」

バサバサっという音とともに現れたのは、白銀のコッカトリス、コーカスだった。

「ひ、暇なわけないでしょ！　って、そうじゃない、ちょうどよかった！　じゃなくてよかったです！　コーカス様とトーカス様に折り入ってお願いがあって、参りました！」

そう言って、シエラはまず、マイスをバッグから二本取り出し、一本ずつを二匹に献上する。

「……堅苦しい話し方はいらん。まぁ、それを持ってきたのならば、話くらいは聞いてやろう。なんだ？」

コーカスが優雅にマイスをつつきながら聞いてくる。トーカスはすでに食べ終わっており、シエラにおかわりを要求してくるので、シエラはマジックバッグからもう一本マイスを取り出し、彼にあげる。

「あの、この森の奥で、ゴブリンが集落を作っていまして。その、ゴブリン退治にお力添えをいただけないかと」

シエラが言うと、コーカスはふん、と鼻で笑った。

「ゴブリンなんぞ相手にしたところで、トーカスの狩りの練習にもならん」

「ゴブリンスカウト、アーチャーもいたそうで、メイジの姿もあったと聞いています」

シエラの言葉に、コーカスはふむ、とマイスをついばむのを止める。

「おそらくではありますが、かなりの規模の集落を作っていることが予想されており、下手をすると、ゴブリンキングがいる可能性もあります」

ゴブリンキングはその名の通り、ゴブリンを束ねる長である。ゴブリンに知能があるとはいえ、人間で言えば子供程度だが、上位種に進化すればするほど、その知能はどんどん上がっていく。ゴブリンメイジは魔法を使うことができるほどの知能を持っているし、そんな上位種のゴブリンの頂点に立つと言われているゴブリンキングは、知能はもちろん、攻撃力なども、普通のそこらにいるゴブリンなどとは比べ物にならないくらい、強力だ。

正直なところ、ゴブリンキングなんて災害級の魔物は、そうそう現れるなんて、シエラは思っていない。今回、大規模な集落を作っているとしても、ここまでの魔物は居ないだろうと、本当は思っている。しかし、通常個体よりも（たぶん）強いと思われるこの喋るコッカトリスが、雑魚《ゴブリン》程度では動いてくれない可能性がある気がしたので、シエラは一か八か、少し、盛って話をしてみることにしたのだ。

「なるほど。ゴブリンキングとなれば話は別だな」

コーカスは、残っていたマイスを一気についばみ、食べきる。

そして彼のその言葉に、シエラは釣れた！　と心の中でガッツポーズをとる。

「シエラ。もちろん、今回持ってきたマイスはたったこれっぽっちではあるまいな？」

「は、はい！　ただ、急なことで数が揃えられなかったので、前回ほどの量はありませんが、代わりに、マイス以外の豆や穀物などを持ってこれるだけ持ってきています」

シエラが答えると、コーカスは雄たけびを上げた。

「よし、それを寄越すというのであれば、今回は手伝ってやろうではないか。トーカスの狩りの練習にもってこいだ！」

「あ、ありがとうございます！」

交渉がうまくいった！　と、シエラは胸をなでおろす。

「よし、では行くぞ」

「……え？」

ホッとするのもつかの間、コーカスの言葉に、まさか、とシエラは冷や汗を垂らす。

「シエラ、トーカスに乗れ」

そう言って、ひょいっとシエラの襟を嘴《くちばし》でつまみ、そのままトーカスの背中に乗せる。

「ちょちょ、ま、待って……いやぁーーー!!!!」

シエラには一切の拒否権はなかった。

トーカスは、シエラを背中に乗せると、コーカスとともに、地面を思いきり蹴って、空高く飛び、森を移動し始めた。

（し、しぬ、死ぬ、死ぬぅーー！！！）

落ちれば確実に死ぬ。死ねる。

シエラは必死でトーカスにしがみつく。

そもそも、コッカトリスは大型とはいえ、姿かたちは巨大な鶏で、騎乗ができるような体型ではない。しかも、馬などのようにもちろん、騎乗するための鞍《くら》なんかも当然ついていない。そんな不安定な獣に、己の力だけで振り落とされないようにするしかないとか、どんな拷問だよ！　とシエラは思いつつも、意識を保ち、手が離れないようにすることだけに必死で集中した。

「よし、この辺りでいいだろう」

コーカスが止まると、トーカスもピタッと止まる。反動でシエラはとうとう地面に落ちた。

「い、痛たたた……」

勢いが殺された状態だったのが救いだった。しりもちを思いきりついて、お尻がじんじんと痛むだけで済んだ。

「よかった……生きてたよ……うぅ……」

安堵の息を漏らすシエラ。

だが、コーカスはそんなシエラを見て、軟弱な、とぼそりと呟いた。

「コッカトリスと一緒にしないでください！　私は、冒険者でも何でもない、ただのギルドの一受付嬢なんです！　平々凡々の、ただの一般市民なんですから！　あんな超スピード、酔わなかった《吐かなかった》だけでも、えらいと思ってください！」

ぷんすかと怒るシエラに、何をそんなに怒ることがあるのか、とコーカスは首を傾げた。

「とりあえず……え、待って待って。ここ、どこ？」

辺りを見回してみる。随分と猛スピードでの移動だったので、たぶん、ゲートで到着した場所からはかなり離れていることだけはわかったのだが、自分の今いる場所がどこなのか、見当がつかなかった。

「気にするな。ゴブリンどもの巣の近くまで来ただけだ」

「…………え？」

一気に青ざめるシエラ。

「トーカス。これはお前の狩りの訓練だ。行ってくるがよい！」

コーカスはそういうと、コケー！　と大きく鳴いた。

そして、トーカスも、それにこたえるように、ケケー!!　と大きく鳴いた。

鳥さん、お仕事の時間です

コーカスとトーカスの雄叫びに、森にいた小鳥たちがバサバサっと飛んで逃げていく音がした。

それと同時に、トーカスはドン！　と地面を蹴って走り出す。器用に木々を避け、あっという間に、その姿は見えなくなった。

「クク……この森ではトーカスの狩りの練習にもならんと思い、今後どうするか考えていたが。なかなかどうして、素晴らしい森ではないか」

鳥の表情なんて、わかるわけない、と思っていたシエラだったが、明らかに、今のコーカスは悪い顔をして笑っているのがわかった。

「そういえば、コーカス様とトーカス様以外のコッカトリスさんたちの姿が見えませんでしたが、どこかに狩りに出かけられてるのですか？」

シエラが聞くと、あぁ、とコーカスが答える。

「この辺りでめぼしい狩りの対象がもういなくなったからな。他に良い場所がないか、偵察に出しているところだ。移動することも検討していたしな」

「あ、そうだったんですか」

コッカトリスの討伐に関して、現在ギルドで推奨しているランクは、単体であればCランク、群れで複数の目撃情報がある場合はBランクとなっていて、脅威度としてはそこまで高くはない。だが、コッカトリスが通常状態である場合に限っての話であり、卵泥棒事件の時のように、激高状態になっているコッカトリスの場合、彼ら自身の身体能力含め、すべてが上昇するため、推奨ランクは単体でもAランクまで跳ね上がる。特に、コーカスやトーカスのように通常個体と異なり、体毛に色がついている個体は、もともとの能力が通常個体と比べ物にならないくらい高いことが多く、そうなってくると、推奨ランクのAランカーでも、相手をするのが厳しくなる可能性があるのだ。

「では、他の方たちが戻られたら、移動されるのですか？」

ゴブリンの集落を壊滅は難しくても、ここでトーカスが大幅に戦力を削いでくれれば、街で集めた冒険者たちでも、後始末くらいなんとかできるだろう（というかしてもらえないと困る）とシエラは考えた。さらに、コッカトリス達がこの後、森から移動していなくなれば、さらに脅威が減るので、ギルドへの依頼内容も難度が下がる可能性が高くなる⁉　とシエラは目を輝かせた。

（……めっちゃいい！　これなら、私の夢の定時上がりだって……‼）

希望に満ちた眼差しを向けながらシエラが聞くと、コーカスは首を傾げた。

「何を言っているのだ？　ゴブリンが集落を作れるほどの森だぞ？　わざわざ移動する必要はあるまい？　それに、移動先でマイスが見つかるとも限らんからな」

「え？　マイス？」

シエラが言うと、コーカスは頷く。

「あれはなかなか良いものだ。ここを離れてしまったら、マイスが食べられなくなる可能性がでてくるではないか」

「いやいや、マイスなんてどこででも」

入手できる、と言いかけて、シエラは気づく。

（待って、マイスを普通に入手できるのは私たちの話であって、魔獣であるコッカトリスが、マイスを入手するには、マイス畑を荒らすしか……ない⁉）

コーカスが言葉を話せるとはいえ、普通に考えて、まず、魔獣に遭遇した時に、相手と会話を試みることは滅多にない。そうなると、一番手っ取り早いのは、マイスを育てている農家の畑から奪う方法。しかしそうすると、農家は被害を被り、ギルドへも討伐依頼が来てしまう。

「そうそう森に来ることはないと、あの時限りと諦めていたのだが。こうしてちょくちょく来るのであれば、わざわざ移動する必要もないだろう？」

コーカスの言葉に、シエラは絶望の表情を浮かべた。

「や、やらかしたー！！！」

あの時の自分の判断は間違っていない。あの時はあれが最善だった。それは今思い返しても同じだし、たぶん、これから何度考えても、結論は変わらないだろう。

だが。

このやってしまった感が拭えないのもまた、事実だった。


「ふむ、そろそろ頃合いか？」

「何のですか？」

コーカスの言葉に、シエラは首を傾げた。

「トーカスが、前座のゴブリンどもを駆逐しているころだろう。そろそろ、他の種が出てきている頃合いかと思ってな。見に行くぞ」

そういうと、コーカスはシエラの襟首をまた嘴でつまみ、ひょいっと持ち上げる。

「うわわ！　ちょ、え⁉」

「行くぞ」

そういうと、コーカスは地面を蹴って、森を駆け出した。

「…………‼‼」

猛スピードでの移動、さらに、服をつまみ上げられ、宙に浮いた不安定な状態。最初にトーカスに乗って移動していた時に比べたら、スピードは落ちているが（落としてくれているのか？）、それでも馬に乗って駆ける以上のスピードが出ているのは間違いない。

（……お父さん、お母さん。先立つ不孝を、お許しください）

これは死んだな。

そう思い、心の中で両親に謝るシエラ。

思えば儚い人生だったなぁ、なんてことを思いながら、机に隠してあるお菓子にカビが生える前に、遺体は見つけてもらえたらいいな、とか、スミレちゃんがパーティーを組んで依頼に出かける姿を見たかったな、とか、ルーに貸してた本、そういえばまだ返してもらってないな、とか、全然今、関係のないことが頭の中に浮かんでは消えていく。

「……い、おい、……エラ、…………シエラ！」

名前を呼ばれ、それと同時に頭に強い衝撃が走る。

「痛い‼　……あれ？　コーカス様？」

ズキズキと痛む頭をさすりながら、我に返ったシエラ。どうやら、途中で気を失っていたようだ。

「まったく。あぁ、人という生き物が脆弱《ぜいじゃく》なつくりであることを忘れておったわ……お前が死ぬと、マイスが食えなくなるからな。仕方がない」

コーカスのトサカが光ると、シエラの手の甲に一瞬、ビリっと静電気のようなものが走った。

「いった！」

急に何が起こったのかと、さする。

「これで、多少のことでは死なんだろう」

「え？」

コーカスの言葉の意味がわからず、首を傾げたが、さすっていた手の甲を見て、シエラは気づく。

「こ、これ⁉」

手の甲に、うっすらと模様が浮かんでいた。

「我の加護を与えた」

「……え？　い、今、なんて」

（加護って言った⁉）

加護、という言葉はもちろん聞いたことがある。神様が気まぐれに、人や物に与える恩恵のことだ。

だが、そんな加護を今、目の前にいる魔獣が自分に与えた、と言った事実に、理解が追い付かず、軽いパニックになるシエラ。

「このままでは、トーカスの元にシエラを連れていけぬからな」

「トーカスの……元……？」

そんなパニックも、一瞬で吹き飛ぶようなことを、さらにコーカスが口にした。顔を引きつらせながら、恐る恐るシエラが聞くと、コーカスは気にする様子もなく、行くぞ、と言ってすたすたと歩きだした。

「あ、ちょ、待ってください！」

コーカスの言葉の意味をそのまま受け取るのであれば、ここはもう、ゴブリンの集落目前ということになる。そしてそれが正しければ、こんなところにシエラ一人取り残されては、冒険者ではない一受付嬢の自分など、すぐに殺されてしまう。いや、殺されたほうがましだったと思うような状況になる可能性すらあることをすぐに悟り、シエラは慌てて、コーカスの後を追った。

少し歩いていくと、ツンと鼻を刺すような臭いが漂い始めた。うん？　とシエラは少し眉を顰めながらも、さらにコーカスの後をついて行くと、だんだんとその臭いは酷くなっていった。

「うぅ……やっぱり、すごい数がいたみたいですね」

臭いの正体はすぐにわかった。シエラは鼻をつまみながら、コーカスの傍を離れないよう、ぴったりとくっついて歩く。そこら中にゴブリンの死体が転がっており、血の臭いが充満している。鼻をつまんだ程度で、その臭いはもちろん止められないが、つまんでいないよりはまし、と、さっきからぎゅっと必死で鼻をつまみ続けているシエラは、必死でこみ上げる吐き気と戦っていた。周囲の死体は原形をとどめていないものも少なくない。正直、一瞬でも気を抜けば、軽く一吐きできるレベルであった。

「ふむ、中々の数がいたようだな。トーカスの敵ではないだろうが、これはこれで、よい訓練になっただろう」

そんなシエラとは裏腹に、嬉しそうに頷きながら歩くコーカス。シエラはそうですか、とため息をついた。

「ところで、なんで私までここに連れてこられたんでしょうか？」

置いてきてくれれば、今頃、ジェルマに連絡をして、ゲートで街に戻っていたのに、と思ったところで、ふと、ジェルマに連絡を入れていないことに気づいた。

「やっば！　すいません、ちょっとだけ、上司に連絡を入れさせてください！」

シエラは立ち止まり、持っていたマジックバッグをごそごそと漁る。急に立ち止まったシエラの方を向いた瞬間、コーカスのトサカが金色に変わる。

「伏せろ！」

「ぎゃぶ!!」

コーカスは叫ぶと同時に、シエラを自身の右翼で地面に叩きつけた。

死んだ、と思えるほどの衝撃が体に走った気がしたが、顔面を強打したものの、怪我はないようで、どこからも血などは出ておらず、軽くこけた時くらいの痛みがあるだけだった。

「ケケー!!」

コーカスの叫び声に、思わず伏せたまま両耳をふさぐ。

すると、自身の上を何かが飛んでいった。

「え？」

顔を上げると、ドカっという音とともに、こん棒のようなものが少し先の地面に落ちたのが見えた。顔をそのまま後ろに向けると、そこには石化したゴブリンが三体ほどあった。

「まさか……」

ちらりとコーカスを見ると、コーカスはふむ、と周囲を見回し、警戒を解く。トサカの色が、金色から赤色に戻った。

「討ち漏らしか、あるいは別の所から戻ってきた奴らか。なんにせよ、もう、周囲にはおらぬようだから大丈夫だ」

　コーカスの言葉に、シエラは身震いした。

「あ、ありがとうございました……」

　コーカスがいなければ、たぶん、あのこん棒はシエラを直撃していただろう。それを想像して、シエラは少し恐ろしくなった。

「ふむ、加護のおかげで、怪我はなさそうだな。力加減がわからんからな。うっかりでシエラをつぶしてしまったら元も子もない」

「うっかりで殺そうとしないでください」

　思わずポロリと口をついて出た言葉に、コーカスが気を悪くしたらマズい！　と、嘘です、ごめんなさい、とぺこぺこと頭を下げながらすぐに謝った。

「……というか、加護って普通に与えられる物なんですか？」

　そもそも、加護というものは神様に与えられるもので、欲しいからといってもらえるような代物ではない、というのが一般認識だった。シエラが疑問を口にすると、トーカスは首を傾げながら答える。

「さあ？　そんなことは知らん。与えられるから与えただけだからな。我等は子が産まれたら、すぐに親が子に加護を与えているからな。……まぁ、正直、人間に加護を与えたのは初めてだから、効果や持続時間はよくわからん。とりあえず、よっぽどの攻撃を受けない限りは、即死はしないだろうし、少なくとも今晩くらいはもつだろう。まぁ念のため、できる限りの危機は排除してやる」

「……その言葉、信じてますからね」

なんかちょっと適当だな、と思いつつも、まだ死にたくはないので、コーカスの最後の言葉を信じて、護ってもらう、と心に誓うシエラ。

「行くぞ」

「はい」

歩き出したコーカスについて、シエラは一緒にまた歩き出した。

ジェルマに連絡をしなければ、という重大なことを思い出したのを、再び忘れて。


コーカスに時々出会うゴブリンを石化してもらい、それをシエラがどんどん倒して壊しながらしばらく歩いたところで、ふと、何か異様な気配を感じ、シエラはコーカスを見た。

「気づいたか？」

「はい。これ……もしかして」

シエラが聞くと、コーカスは頷いた。

「トーカスに追いついたようだな」

ゆっくりと周囲に気を付けながらさらに先に進むと、少しひらけた場所に出た。そしてそこには漆黒のコッカトリス、トーカスと、成人男性と同じくらいの身長のホブゴブリンと思しきゴブリン複数体、後ろから遠距離攻撃を仕掛けているゴブリンメイジが数体いた。

「あの……トーカス様、大丈夫ですか？」

気づかれないよう、木陰に潜みつつ、小さな声でシエラは少し不安に思い聞いた。トーカスはコッカトリスとはいえ、まだ産まれて間もない。ゴブリンとは言え、上位種もいて、数も圧倒的に向こうの方が多い。

「我の息子だ。心配はいらん。ほれ」

トーカスの方を見ると、ちょうど、右翼をシュッと横薙ぎすると同時に、前に出ていたホブゴブリンの首が、胴体から離れたところだった。

「え……？　ま、まさか、風魔法⁉」

驚きのあまり、思わずコーカスを見る。

「厳密には違うな。我らの風切り羽は少々特殊でな。ああやって、真空の刃を飛ばすことができる。まぁ、産まれてまだ間もないトーカスが、あれを使えるようになっているのは才能だな。さすが、我が息子」

満足げに頷くコーカスに、シエラは心の中で親馬鹿炸裂！　と突っ込みつつ、トーカスに視線を戻す。

「ほれ、決着がつきそうだ」

前衛であったホブゴブリンが死に、トーカスはゴブリンメイジに向かって一鳴きする。ゴブリンメイジはそれに対し、防御結界を展開した。と同時に、ドカドカっと矢がトーカスのいた場所に突き刺さる。ゴブリンアーチャーもいたのか、とシエラは驚くも、すでにそこにトーカスの姿はない。

「ぎえぇぇぇぇぇー‼」

少し離れた場所から、バキバキっと木が折れるような音と共に、大きな悲鳴が上がる。声のした方を見ると、木の上からゴブリンが落ちていくのが見えた。あれがたぶん、さっき弓で攻撃をしていたゴブリンアーチャーだろう。矢の飛んできた方向から、ゴブリンアーチャーの場所を察したと思われるトーカスが、避けると同時に、真空の刃を飛ばして攻撃し、それが当たり、そこにいたゴブリンアーチャーはその刃によって切り刻まれたのだ。

「ケー!!!!」

「げぎゃ!!」

また別の方から、トーカスの鳴き声とゴブリンと思しき叫び声が聞こえる。視線をそちらに移すと、そこには、石化したゴブリンメイジの姿と、トーカスの脚で頭をぐしゃりとつぶされたゴブリンメイジ、そして、頭が胴体から離れて落ちるゴブリンメイジの姿があった。

「す、すごい……」

第一ギルドに所属している冒険者たちに、これだけのことができる人はいるだろうか、そんなことを考えていると、トーカスは空を向き、これまでで一番大きく、高く鳴いた。

「ケーーーーーーーー!」

「っ……!」

思わず耳をふさぐ。

それと同時に稲妻が走り、ドカドカドカ!　という轟音がとどろく。

「ほう……!」

「うそ……」

雷の落ちた辺りに生えていた木が、バキバキと音を立てて、燃えながら倒れる。そして、それと一緒に、近くにあった消し炭になった何かが、どさっと地面に崩れ落ちていった。

コーカスはトーカスの力に目を輝かせ、シエラは絶対に敵に回してはいけない魔獣が誕生していることに、言葉を失った。


「トーカス」

周囲にいたゴブリンアーチャーも一掃したことを確認したコーカスは、木陰から出て、トーカスに声をかけた。

「父上」

声の方に向き、小さく頭を下げ、トーカスがコーカスに返事をする。

「え!? トーカス様も喋れるの!?」

今までずっと、コケコケ鳴いていたところしか見ていなかったシエラは、驚いて思わず思っていたことが声に出た。

「む? シエラか。今、猛烈に腹が減っている、マイスを寄越せ」

とととと、っとシエラの方に駆け寄ってくると、すりすりと体をシエラにすりつけてくる。その様子は、さっきまであの強烈な戦闘を繰り広げていた魔獣には全く見えなかった。

「わ、わかりました。ちょっと待ってくださいね」

はっと我に返ったシエラは、慌ててバッグからマイスを取り出し、トーカスに渡す。

「一本では足らぬ。もっと寄越せ」

目にもとまらぬ速さでマイスをついばんでいくトーカス。シエラは慌てて、マイスを追加で取り出して渡した。

「む、我にも寄越すがいい」

それを見たコーカスも、シエラにマイスを要求してくる。ホントにこれがあれをやった魔獣なのか……？　と若干自分の見たものが信じられなくなりつつも、はいはい、とシエラは二匹の前にマイスをドン、と置いた。

「それにしても……トーカス様、喋れるんですね」

特殊個体と思われるコーカスの子供だから、やはりトーカスも特殊個体だったのか、と思い、小さく呟くシエラに、コーカスはいや、と首を振った。

「森で別れる前までは、喋れなかったぞ？」

「え？」

元々喋れなかったのがこの短期間で喋れるようになったってこと？　と、思わずシエラはトーカスを見る。トーカスは、マイスをある程度食べて少し満足したからなのか、彼女の視線に気づくと、せわしなく動かしていた嘴を止めて答えた。

「ゴブリン共を大量に倒したからか、意思疎通のスキルが上がったようだ」

「え？　意思疎通？」

聞いたことのないスキルに、シエラが首をかしげると、コーカスが今度は割って入ってきた。

「なんだ、知らないのか？　このスキルは少しレベルが上がると、他種族とも意思疎通《会話》ができるもので、中々に便利だぞ？　ちなみに、シエラが我らと会話ができているのも、我らのスキルレベルが、人種族と会話ができるレベルに達しているからだろう」

「な、何それ。そんな便利スキルあるなんて……し、知らなかった……」

魔物や魔獣が連携をとることができたり、時々人の言葉を話すものがいるのか等については、何かしら理由があるといわれてきていたが、研究者たちの間でもはっきりとしたことはわかっておらず、長い間、大きな謎の一つとなっていた。

「もしかして、私たちも意思疎通のスキルを手に入れれば、他の魔獣たちとも会話ができるようになるんですか？」

もしそうなら、これはすごい発見じゃないか！　と思わず興奮して問いかける。

「知らん」

「え？」

即答するコーカス。

「我らはレベルが上がれば他種族とも会話ができるようにはなるが、人間どもがそのスキルを持ち、レベルが上がったところでどうなるかなぞ、知るわけがないだろう。そもそも、自分達以外でスキルがどう発現するのかなんぞ、興味ないわ」

「……デスヨネー」

コーカスにバッサリと切って捨てられたシエラは、がっくりと項垂れた。

（それにしても、この調子なら、ホントに集落くらいどうにかなりそうだなぁ）

さらにマイスを寄越せと言われたが、残念ながらマイスはもう品切れだった為、とりあえず一緒に買ってきていた他の豆類を出してあげたところ、二匹は物凄い勢いでそれらを食べていたので、凄い食欲だな、と思いながら彼らを見つめていた。

「あっちはどのくらい人が集まったんだろ……って、あぁ⁉」

シエラは連絡を入れようと思って結局入れていないことを思い出し、慌てて通信用魔道具をマジックバッグから取り出した。

「…………と、いうわけで、現在、私はゴブリンの集落の近くにきています」

食事を終えて歩き始めたコーカスとトーカスの後ろについて歩きながら、シエラはすっかり忘れていたジェルマへ連絡をしていた。

『と、いうわけで、じゃないだろうが！　とにかく、そんなのんきな報告ができるってことは、無事なんだな？』

先行するトーカスがケー！　と鳴くと、ゴトゴト、と音を立てて石化したゴブリン達が地面に落ちていく。

「……そうですね、コーカス様とトーカス様のおかげで、生きてます」

体は無事だが、周りのゴブリンの死体や、この強行軍のせいで、ストレスは半端ないのだけれど、と思いつつ、シエラは報告する。

「コーカス様、この後はどうするんですか？」

トーカスの体もよく見ると一回り以上大きくなっていて、今回の狩りでかなり成長されているのだろうと推測するシエラ。正直なところ、先ほどの戦いっぷりを見た後となると、このまま、ゴブリンの集落をつぶしきってもらいたい、というところが本音だが、もしかしたら、彼らはすでに満足しているかもしれない。

「まぁ、十分な成果は得られたしな。我等はもうどうでもよいのだが……シエラ、お前はそうではないのだろう？」

コーカスに言われて、シエラは思わず図星を突かれた、という表情になった。

「……マイス次第では、考えても良いかと思います。それに、せっかくここまで来たのだし、このまま俺の糧にして、どこまでいけるかを知りたい、という気持ちもあります」

トーカスがコーカスに言う。

「あのー……先ほども申し上げましたけど、もう、手持ちがないので、時間をいただかないと行けないですけど……」

今すぐに寄越せって言われたら困る！　と、慌ててシエラが再度伝えると、コーカスは少し思案したのち、トーカスがよければ、我はかまわない、とコーカスが答えた。

「ジェルマさん。聞こえてたと思うんですが、このままトーカス様に討伐していただけることになったので、とりあえず、集められるだけのマイスを、朝一で用意しておいてもらえますか？」

『集められるだけだと？』

怪訝そうに答えるジェルマに、シエラは、はい、と答える。

「マイスは、討伐の報酬として、トーカス様たちにお渡しするので、できるだけたくさんかき集めておいてください。めっちゃ食べますので。ほんとに、想像を絶するくらい、食べますので。なんなら買い占めるくらいの勢いでもいいかと思います。あ、ゴブリンの死体の片付けもありますから、すでに受付が完了している冒険者の派遣はそのまま行ってください。新規の募集については、もうストップしてもらっていいと思います」

集めてもらったマイスの量が足りない、なんてことになったらとんでもないことになる、とシエラはジェルマに念を押す。

『……わかった。その代わり、また報告ができるようになったら、忘れずに連絡しろ。いいな？』

ジェルマの言葉に、何とかこれで乗り切れそうだ、とシエラはホッと胸を撫でおろした。

「はい。あ、それと、これ、危険手当って」

『時間だ、切るわ』

「あ、ちょっと！　もしもし！　もしもーし!?　……もう、手当の一つくらい出してくれたっていいじゃない！」

そう言えば、と思ってついでに聞こうとしたが、あっさりと切られてしまったので、何の声も聞こえなくなった通信魔石を、バッグの中に放り込んだ。

「ほんとに、まったくもう！　これだから、ギルドはブラックだって言われて、職員の数も増えないのよ！」

ぷりぷりと怒りながら文句を言うシエラ。

すると、急にふっと体が浮遊感に襲われる。

「え!? ちょ、なにー!!!!」

次の瞬間、視界が急上昇する。シエラの服をつまみ持ち上げたコーカスが、そのまま上に飛んだのだ。

そしてそれと同時に、周囲にあった木々がバキバキ、と音を立てて倒れていく。

「ぎゃー!!!」

数秒、空中にとどまっていたかと思うと、今度は急速落下が始まり、涙目になって叫ぶシエラ。

「ふむ、この辺りはもう、あらかた片付いたようだな」

地面に再び降り立ったコーカスは、あたりを見回して呟いた。

襲撃に気づき、集まってきていたゴブリン達をちまちまと倒すのが面倒になったトーカスが、風切り羽で真空の刃を三百六十度全方向へと飛ばしたのだ。そして、コーカスはそれに気づいたので、シエラが切り刻まれないよう、彼女を持ち上げてジャンプして避難した、というわけだった。

木々はバラバラになって崩れ落ち、絶命し、真っ二つになったゴブリン達の死体も、そこら中に転がっていた。シエラは、それに巻き込まれはしなかったが、自分もたぶん、いつか死ぬな、と、本日何度目かわからない死を覚悟したのだった。

それからしばらく歩いていくが、先ほどまでとはうってかわって、急にゴブリン達の襲撃がなくなっていた。周囲をトーカスが一掃したからかと思っていたが、攻撃範囲を超えてからも一向に襲撃される気配がないことに、シエラは違和感を覚えた。

「……なんだか、静かになりましたね」

シエラは、何とも言えない不安感を覚えたため、立ち止まり、少し意識を集中して、索敵スキルを発動してみることにした。

「これ、は……」

そこから少し先に進んだ先に、大量の反応があることに気づいた。周囲はすでに暗くなっていて気づいていなかったのだが、よく目を凝らして、その反応のあたりを見ると、うっすらと、何か建物のようなものがチラリと見えた。

「うそ……まさか、砦まで造ってるなんて」

今度は、その砦に集中して、もう一度索敵スキルを発動する。幸い、人と思しき反応は、そこからは感じられなかったので、小さく、良かった、と呟く。

ゴブリン達はよく、人里から、女性や子供を攫って行く。それは、ゴブリン達の繁殖のためであったり、狩りの練習のためであったり、また、ただの娯楽のためであったり。理由は様々であるといわれているが、とにかく、そうしたことを未然に防ぐために、ゴブリンの目撃情報があれば、討伐依頼は即座に出されていた。そのため、当然、ゴブリンの数が増えれば目撃情報も増えるので、その分、討伐依頼の数も自然と増える。

(最近、ゴブリン討伐依頼が特に増えているという傾向はなかった。……だから、ここまでの集落

ができていることに、気づくことができなかったのか）

人と思しき反応がない、というのも、特に緊急でゴブリン退治や救助依頼が発生していなかったことからも、当然と言えば当然の結果だった。

（でも、もし、ここに、人の反応があったとしたら）

そんな想像をして、シエラはひゅっと喉が鳴った。今自分が一緒にいるのは冒険者ではなく、魔獣だ。あの中に、人の反応があったとしても、果たして彼らにその救出を受け入れてもらえただろうか？

マイスで上手く交渉ができるかもしれない。

だが、単純に彼らは、ゴブリンを狩りに来ているだけなのだ。それも、シエラがお願いしたとはいえ、彼らにとっても、狩りの練習ができ、さらに食料となる野菜がもらえるから、というだけの理由で、だ。依頼を受けている、という体をギルドとしてはとってはいるが、彼らにしてみれば、それはただ、利害が一致しているからに過ぎない。となると、そんな彼らが、果たして人を救出することを了承してくれるだろうか？

そして、シエラはただの受付嬢だ。戦闘能力なんて一般人に毛が生えたようなもの。自分でなんとか救出など、命を捨てる覚悟であったとしても、確実に無理であることは、考えなくてもわかっていた。

（……まぁ、一緒にいるのが冒険者《ひと》だったとしても。きっと、この数じゃどうあがいても救出はできなかっただろうな……）

最悪の状況で判断を強いられることにならなかっただけでも良かった、と、シエラは思った。正直、自分がその判断を下すことができたかどうか、そしてその判断を受け入れられたかどうか。

フルフルと頭を振って、今はそんな、たらればを想像することに、何の意味もない、とシエラは思考を切り替える。

「反応の数からして、今までとほぼ変わらない数がいるようですね」

シエラが言うと、ほう、と小さくコーカスが感嘆の声を漏らした。

「なかなかの索敵能力だな。人にしては鋭いのではないのか？」

言われて、シエラは苦笑した。

「一応、レベルだけは高いんです。冒険者ではないので、常時展開とか、何か他に行動しながら、とか、そういうのは無理なんですが、集中すれば、ある程度のことは把握できます。とはいえ、ま、凡人に毛が生えた程度ですよ」

（ジェルマさんなら、このくらい、常時展開で街全域余裕で索敵できるはずだし、私のこれなんて、たかが知れてるしね）

なんてことを思いながら答える。

「ふむ、人の索敵能力も、存外侮れんな」

コーカスの言葉に、シエラはそうですか？　と首を傾げた。

「まぁ、何にせよ、雑魚がいくら集まろうと、あの程度、さして問題もないが……散らばられると面倒だな」

砦がはっきりと目視できるところまで来たところで、トーカスは足を止め、砦の方を向いて言う。

「いっそ、砦ごとつぶしてしまうか」

「え？」

急に何を言い出すのかと、シエラがトーカスの方を見ると、すでにトサカの色が金色に変わっていた。

「な、なにを……？」

「シエラ、こっちにきておれ」

コーカスに服の裾をつままれ、そのまま少し離れた場所に移動させられる。

「砦ごとって……ま、まさか……」

金色に変わったトサカがバチバチっと音を立てて放電し始めた。

砦の外に、大きな魔力を感じたからか、索敵していた砦内の反応が動き始める。

だが、その反応が大きく動き始めるよりも前に、パチパチ、と、肌にかすかな静電気が走るのを感じ、気づけばシエラの髪の毛もふわふわと逆立ち始めていた。

「ふむ、時間がかかってはいるが、中々だな。雷との相性は悪くないようだ」

嬉しそうに呟くコーカス。シエラは、これから何が起こるのか、なんとなく想像はついた。だが、本当にそんなことが起こるのか、起こせるのか、と、緊張と興奮に、心臓がバクバクと大きく音をたて、どんどんとその鼓動が速くなっていくのを感じていた。

「唸れ、雷《いかずち》」

トーカスの言葉とともに、一瞬、あたりがまるで昼間のような明るさを取り戻す。その直後、特大の雷が、轟音と共に砦に落ちた。砦は瞬く間に崩れ落ちてゆき、そして、雷によって火の手が上がる。砦は一瞬にして、火の海と化した。

「こ、こんなことって……」

災害級の事象が目の前で起き、シエラは唖然とする。

だが。

「……真打ち登場だな」

トーカスは大きく雄叫びを上げると、力強く地面を蹴り上げ、砦へと猛スピードでかけていった。

「え？」

砦の方を見ると、そこには、崩れた砦から、トーカスの倍はあるのではないかという巨体の持ち主が、瓦礫を吹き飛ばし、現れた。

「ぐがあぁぁぁぁぁぁ!!!!」

大きく叫ぶそれは、猛スピードで突っ込んできたトーカスの脚をつかみ上げ、そのままトーカスを地面へと叩きつけた。

「トーカス様!!」

叫ぶシエラに、コーカスは心配いらん、と、肩に翼を置いてきた。

「大丈夫だ。トーカスは我の息子だ。心配はいらん」

え、なに、その理由、と思わず力が抜ける。

「ほれ、見ろ」

くいっと嘴で促され、シエラは砦の方へと視線を戻す。

すると、地面に叩きつけられていたはずのトーカスが、上空から思いきり突っ込んでいく姿が見えた。

「ゴブリンキングだな。正直、半信半疑ではあったが、確かにいたな、褒めてやろう。良かったな、なかなかレア者だ、滅多にお目にかかれるものではないぞ」

うきうきと楽しそうなコーカスの言葉に、シエラはごくりと唾をのんだ。

（……危なかった。今集まってる冒険者じゃ、太刀打ちできない。どころか、簡単に全滅してた）

ゴブリンキング。その目撃情報は近年上がってきていない。というのも、ゴブリンキングを見つけたら、ゴブリンが一万はいると思え、と昔から言われているため、ゴブリンキングが現れない為にも、各ギルドでは、ゴブリン退治の依頼を、常に出し続けている。

ちなみに、ギルドでは、ゴブリンキングの推奨討伐ランクは最低でもAランクとされており、集落の規模次第では、Sランク、場合によっては、国の騎士団の派遣要請も視野に入れる必要がある、とされている。

シエラが視線をトーカスに戻すと、そこには楽しそうに、甲高い声でコケー！　と鳴きながら、キングと対等にやりあっている姿があった。

「あ、あはは……私たちなんかで、どうにかできるレベルじゃなかった……」

思わずシエラは呟く。

今日、まさかあのまま連行され、即座に討伐に出向くことになるとは思ってはいなかったが。

コーカス達が動いていたのが明日だったら？

コーカス達より先に、冒険者たちがゴブリンの砦に到着していたら？

自分たちが動く前に、キングがすでに他のゴブリンを従えて、街に向かっていたら？

シエラはそんなことを考えて、ブルリと震えた。


トーカスとゴブリンキングの攻防は、お互いに一進一退を繰り返していた。

ちらりとコーカスの方を見てみるが、特に心配した様子もなく、何ならあくびの一つも浮かべたりしていて、トーカスに加勢する素振りは全くない。

「トーカス様、大丈夫ですかね？」

もちろん、自分にできることも何もないことはわかっているので、今はこの状況を見守るしかできないのだが、どうしても心配になったシエラが思わず聞くと、コーカスはため息をつきながら、当たり前だろう、と答えた。

「トーカスに足らぬのは経験だけだ。産まれて間もないというのに、すでにあのレベルの雷を使えるのだ。才能も有り、力もある。だが、経験に関しては、ひたすらに、狩りを続け、積んでいくしかない。ほれ、見てみろ」

「え？」

コーカスの言葉に、視線をトーカスへと戻して、よく見てみる。すると、先ほどまでは互角の状態に見えていたトーカスとキングだが、徐々にキングが押され始めているように見えた。

トーカスの攻撃が当たり始め、キングの被弾回数が多くなってきているようだった。

「そもそも、ゴブリンキングとはいえ、しょせんはゴブリンの進化種だ。脆弱な人間ならまだしも、我等コッカトリスの敵ではない。奴の一番厄介な点は、その手下の数の多さだ。だが、砦の外に出払っていた手下共は、ここに来るまでにほぼ殲滅しておいたし、砦に残っていたのも、最初の攻撃で全滅している。やつ単体であれば、何の問題もない。むしろトーカスに経験を積ませるのに、ちょうどよい相手だったわ」

くくく、と笑うコーカス。

「そ、そういうものなんですか？」

正直なところ、人間の定義で行けば、コッカトリスもゴブリンキングも、どちらも脅威には違いなかった。なんなら、激高状態でない通常のコッカトリスよりも、ゴブリンキングの方が、ギルドで設定されている推奨ランクは高いし、危険度も高い認識だ。

「やつに関していえば、多少、皮が硬くなって攻撃が通りにくいことと、一撃が重くなることくらいだな。それ以外、今回みたいにやつ単体になってしまえば、どうということはない。面倒なのは、あれと一緒に、メイジの魔法攻撃や、アーチャーの遠距離攻撃、ナイトとの連携攻撃があった場合だ。まぁ、それに関しても、トーカスであれば、何度か戦《やりあ》えば、どうということも無くなる」

ふん、と得意げに答えるコーカスに、シエラは顔を引きつらせた。

確かに、今ではトーカスが完全にキングを押していた。キングが動くと、トーカスが雷魔法を落とす。それを避けようとしたところに風切り羽で風の刃を飛ばして少しずつだがキングに傷を入れていく。それにイラつくキングが、トーカスに突進するも、それをひらりとかわして、後ろから雷魔法を落としてスタンさせ、その隙に思いきり蹴りを入れて吹っ飛ばしていた。

（……激高状態じゃないコッカトリスの討伐推奨ランク。あれ、ちょっと見直したほうがいいかもしれないわ）

現在、各魔物には、ギルドが討伐推奨ランクというものを定めており、基本的には、設定されている推奨ランクと同等か、それ以上に該当する者であることが望ましいとされている。そして、このランクを元に、依頼の難しさ（受注可能対象ランク）を選定する目安としても扱われている。このランクを設定することの目的は、難易度の可視化や依頼難易度が処理する人間によって大幅にブレないようにすることでもあるのだが、一番は、身の丈に合わない魔物の討伐を行うことで、死亡してしまう冒険者の数を減らすこと、となっており、そしてこの設定が行われ始めたことによって、依頼の達成率や冒険者の生存率は大幅に上がったとされている。

そして、その討伐推奨ランクは、魔物であるコッカトリスにももちろん設定されており、その設定内容は、通常状態については、Bランクが推奨、となっているのだが。

「ぐおぉぉぉー……」

ドシュ、という大きな音とともに、ゴブリンキングの体に大きな穴が開いた。そして、ギルドの最低討伐推奨ランク『Aランク』の魔物《それ》は、断末魔の叫びをあげて絶命し、崩れ落ちた。

「ふっ……、つまらぬものを切ってしまった」

そういって、嘴についた血をピッピッと払うトーカスの姿。ギルドの設定ランク上では格上に当たるはずの魔物を倒したというのに、疲れた素振りすら見せない彼の様子に、シエラの脳は、考えることの限界を迎えた。

「いや、切ってないし、ね……」

よくわからないセリフを吐くトーカスに、思わず突っ込みを入れるシエラは、その戦闘結果に、コッカトリスの推奨ランクのアップを、とりあえず、戻ったら申請しようかな、と思ったのだった。

家族ができました

「ひとつ、お願いがあるんですが」

ゴブリンキングを倒した英雄達《トーカス》に、ゴブリンキングから魔石を取り出している間、食べていてください、と残っていた野菜を全部マジックバッグから取り出して献上したシエラは、その剥ぎ取りを終えると、献上品を一心不乱に食べているコーカス達に、少しだけ言いにくそうな様子で、声をかけた。

「ゲートがあった、元の場所まで、また、連れて行ってもらえないでしょうか……？　できれば、行きよりスピードを、かなり落として」

本来であれば、彼らの仕事はここまでなので、シエラを元居た場所に連れて行く、という必要がない状況であるにもかかわらず、それをお願いし、あまつさえ、行きのようなスピードで帰られては困る（今度こそ死ねる）ので、その帰り方に注文までつけるという、ちょっと図々しすぎる（シエラ本人も自覚はある）お願いを二匹にしてみた。

正直なところ、彼女自身は、断られることは覚悟の上でのお願いであった。

「かまわねぇけど？」

「そうですよね、ダメで……え？　あ、え⁉　ほんとですか⁉」

トーカスの答えに、思わず涙目になるシエラ。

「た、助かりますー‼」

野菜を食べている最中のトーカスに、思わず抱きつく。

「お、おい！」

突然抱き着いてきたシエラに驚くトーカス。

「もう、正直歩いて帰るとか、考えられなくて。最悪、ここで死体の処理をしながら、冒険者の方たちを待つことも覚悟してたので、嬉しいですー！　ほんとに、ありがとうございますー‼」

えぐえぐ、と泣きながらシエラは何度もお礼を言う。トーカスが了承をしてくれたのは、シエラにとって僥倖《ぎょうこう》だった。

「ならば、戻るか？」

ケフ、と小さく息を吐くコーカス。

「え？　あ、もう食べ終わったんですね」

残りが少なかったとはいえ、山積みにして出してあったはずの野菜達が、跡形もなく消えてなくなっているのを見て、シエラは、相変わらず食べるの速いな、と少し感心しながら答えた。

「行くぞ、ちょうど、我も街とやらに行ってみたかったところだ」

コーカスの言葉に、シエラはえ？　と首を傾げた。

「ほら、しっかりしがみついておけよ」

また、ひょいっと襟首をつかまれて、そのままトーカスの背中にぽん、と乗せられる。

「ちょ、ま」

シエラが言うよりも先に、トーカスがドン、と地面を蹴った。同時に、コーカスも力強く地面を蹴る。

（い、行きとスピード全然変わらないじゃないー!!!!）

ゆっくりとお願いしたのに、鳥頭の二匹は相変わらずの爆速で森を駆け抜けていく。

シエラはもうろうとする意識の中、とにかく振り落とされないようにと、必死でトーカスにしがみついていた。


シエラがゲートを使ってやってきた時と同じ場所に到着すると同時に、トーカスの背中から転がり落ちたシエラは、マジックバッグから何とか通信魔石を取り出して、魔力を込めた。

「……あ、ジェルマさん……？　あの、とりあえず、ゴブリンキングの討伐は完了しました。集落もほぼ壊滅状態でゴブリンもほぼほぼ片付いたんで、とりあえず、ゲート開いて……」

息も絶え絶えな状態で、シエラは通信魔石に出たジェルマに懇願する。

『……は？　今、なんてった？』

シエラの言葉の意味が一瞬理解できず、聞き返してくるジェルマに、シエラは「ゲート、開いて」と、再度懇願した。

『……わかった。とりあえず、今からゲート開いてやるから、戻ったら何があったのか、詳細を報告しろ』

ジェルマがそう言うと、少しして、シエラの目の前に真っ白い空間が現れた。

「か、帰れる……!!　コーカス様、トーカス様、本当に、今回は討伐にご参加いただき、ありがとうございました。報酬はまた持ってきますので、とりあえず、私はいったん、街に戻りますね」

何とか笑顔を作ると、まるでグールのような動きをしながら、シエラはゲートをくぐった。

「た、ただいま帰りました……」

「シエラ⁉　ゴブリンキングの討伐が完了ってどういうことだ！」

戻って早々、ジェルマに肩をがくがくと揺さぶられる。寝不足、猛スピードでの移動に次いで、その行為はまさに死刑宣告だった。

「や、やめ……は、吐く………」

シエラが真っ青な顔で口に手を当てると、ジェルマは慌てて手を離した。

「うぷ……えと、とりあえず、トーカス様がゴブリンの集落を見つけて、そのまま殲滅されまして、残っていたゴブリンキングも、トーカス様がとどめを刺してます。これ、ゴブリンキングの魔石です」

そういって、バッグにしまってあった直径十センチ程度の、ゴブリンキングから剥ぎ取った魔石をジェルマに手渡す。

「おいおい……マジかよ」

手渡された魔石の大きさとその輝きに、鑑定するまでもなく、それが高ランクの魔物から取り出されたもので間違いないと確信したジェルマは顔を引きつらせた。

「とりあえず、大量のゴブリンの死体がありますので、それの始末と、残党がいれば、それの討伐だけお願いします。さすがに、全部の死体の処理しながらは無理だったんで……」

ふらふらと体を揺らしながらグロッキー状態のシエラが言うと、ジェルマはハッと我に返り、心配するな、と頷いた。

「当たり前だろ、流石にそれをやってないからって責めるほど鬼じゃねーよ、俺も。残党がいないかどうかの確認と合わせて、そのくらいは、冒険者どもにさせるから心配はいらん。とにかく、よくやった。すでに最終目標がいなくなってんなら、多少は時間に余裕も出せる。後でお前のマッピングで地図更新してもらうから、とりあえずちょっと仮眠室で休んでこい」

ジェルマの言葉に、シエラは目をしぱしぱさせながらも、感謝する。

「あ、ありがとうございますぅ……ぅぅ……」

シエラはジェルマに小さく頭を下げると、今にも意識を手放しそうになるのを必死でこらえながら、なんとか仮眠室までのそのそと歩いていった。

「や、やっと寝れる……」

なんとか仮眠室にたどり着いたシエラは、着替えることもせず、体中についた泥や埃を落とすこともせず、みんなが使う共用品であることはわかっていたが、ごめん、ちゃんと後で綺麗にするから、と、心の中で謝って、そのままベッドに倒れこんだ。

「……ぐぅ………」

次の瞬間、シエラの寝息が部屋に響いた。

そして、シエラの横で眠る、二匹の鶏の姿も、そこにあった。


「……ラ、……エラ、…………起きて、シエラ！」

「は、はい⁉」

体を揺さぶられ、シエラは目を覚ました。見覚えのないベッドに、一瞬、首を傾げるも、すぐに仮眠室でベッドに倒れこんだことを思い出し、そこが自室ではないことに思い至ったので、まだぼんやりとする頭を軽く叩き、意識を活性化させようと、何度か目をぎゅっとつむったり、あけたりした。

「大丈夫⁉　生きてる⁉」

体を起こして、声の主を見る。

「うん、大丈夫、生きてる。ちょっと、まだ眠いけど……。ごめん、今、何時？」

目頭をつまみ、軽く揉みながら聞く。

「今はまだ六時半よ」

「は、早い……」

思っていたよりも早い時間だったことに、少しショックを覚えるシエラ。

ゲートをくぐって戻ってきたときには、すでにうっすらと空が白んでいた。この時期で考えれば、時刻はまだ六時よりも前のはずだ。だが、感覚的に、一時間以上も睡眠がとれたかどうかについては、少し怪しい感じであった。

「まぁ、多少は寝れたから、まだマシか。……私がここにいること、ジェルマさんにでも聞いたの?」

ルーに聞くと、彼女はこくりと頷いた。

「うん。今日はみんな、六時には集合するよう言われてたからね。たまたま一番乗りだったんだけど、さっきジェルマさんに会ったら、シエラを起こして地図更新してもらってこいって言われたから」

彼女のその言葉に、シエラは白目を剥きそうになる。

「わ、私、昨日から全然寝れてないのに……っていうか、昨夜は丸々対応してたんだよ? 人使いが荒すぎる……」

シエラは両手で顔を覆って嘆いた。

「とりあえず、七時には冒険者の人たちに出発してもらうことになってるから、それまでに地図の更新と、複製をしないといけないのよ」

申し訳なさそうにしつつも、今回、シエラがどこで何をしていたのかを誰も知らない状況なので、シエラにしか、その内容を追加更新してもらった地図は作れないからごめんね? と彼女は肩を竦めた。

「……わかった。着替えたらすぐに行くから、先にカウンターで地図と複製用の紙、用意してもらっててもいい？」

残り時間もあまりなく、どうしようもない、とシエラは諦めて、両手を上に伸ばし、大きく伸びをした。

「うん、わかった。先に行って準備しとくから」

ルーはそう言うと、両手を合わせて、ごめんね、と言って部屋を出た。

「さすがに、昨日のこの格好のままじゃまずいし、着替えないとね……」

そういって、汚れやらなんやらでボロボロになってしまっている制服を、姿見の前で見て、はぁとため息をついた時だった。

「…………え？」

（……ま、待って。い、今、見えたのって……）

ギギギギ、とまるで油の切れたブリキ人形のように、ゆっくりと首を後ろに回す。

そこには、すやすやと気持ちよさそうに眠っている、白銀の鶏と漆黒の鶏の姿があった。

「ななな⁉⁉⁉⁉」

驚きのあまり、思わず床に倒れこむ。

「な、なんでコーカス様とトーカス様がここにいるの⁉」

大声で叫ぶシエラ。その声に、コーカスとトーカスは驚いて目を覚まし、首を上げた。

「何事だ⁉」

どうした、とコーカスが声をかける。

「何事、はこっちのセリフです！　な、なんでお二人がここにいるんですか!!」

シエラが信じられない、という表情で聞くと、トーカスがきょとんとした声で答える。

「報酬をもらわなくてはならないからに決まっているだろう。それに、できれば報酬の野菜は自分で選びたいしな」

「は!?」

トーカスの言っている意味が理解できず、思わずあんぐりと口を開けた。

「我はトーカスがお主についてゲートをくぐっていってしまったのでな。おもし……ゲフン！　心配でついてきただけ」

「今、面白そうとか、言いかけませんでしたか……？」

ゴゴゴゴゴ、という効果音が聞こえてきそうな雰囲気を醸し出し、わなわなと肩を震えさせながらシエラは言った。

「……とにかく、急いで先ほどの娘の所に行かなくていいのか？」

こほん、と咳ばらいを一つして言うトーカス。その言葉に、シエラはハッとする。

「そうだった……とにかく、お二人ともここにいてくださいね？　後で戻ってきますから。いいですね!?」

そう言い残して、シエラは仮眠室を出ると、急いで更衣室で替えの制服に着替えて、受付カウンターへと向かった。

「……はい、これで、私の記憶してる地図情報、更新できたと思う」

トーカスが討伐を始めたあたりから砦までの地図情報と、ざっくりとゲートからその開始位置までの方角と距離を書き記した地図を渡す。

「ごめん……寝不足で、ちょっと今、これ以上はスキルを上手く使える自信がないから……複製、お願いぃ……」

そう言って、シエラはバタン、とカウンターに突っ伏した。

「無理言って悪かったわね、ありがとう！　これでも食べときなさいな」

アミットがシエラの口に、ほれ、と蜜飴を放り込む。

「お、美味しい……!!」

よく考えてみれば、昨日はお昼を何とか隙間時間に食べたくらいで、それ以降、何も口にしていなかったことを思い出す。

(急なこととかで、おなかがすいたの、全く気にしてもなかったわ)

思い出すと同時に、きゅるるるる、と盛大におなかが鳴った。

「……思い出したら、おなかがすいてきちゃった……うぅ……」

口の中の蜜飴をコロコロと舐めながら、シエラはふぅ、と息を吐き、体を起こす。

「あ、オーリ、ちょうどよかった。今日のスケジュールが全然わからないから、教えてもらえないかな？」

シエラが声をかけると、オーリは複製をしながらいいですよ、と頷いた。

「シエラさんからの情報をもとに、今回の緊急クエストを受けてもらっていた冒険者の方たちには、これから出来上がった地図をお渡しして、森に向かってもらい、ゴブリンの死体の処理と、森の探索を行ってもらうっす。ここで、もし、ゴブリンの残党がいた場合は、そのまま討伐も行ってもらうことになってるっす」

ふんふん、と頷くシエラ。

「報酬に関しては、処理が完了してて、全員が戻ってきたら、ギルド職員を森に派遣、最終の確認が取れた後に、支払いすることになってるっす。報酬の支払いができるようになったタイミングで、森への立ち入り制限は解除し、依頼の受付なんかも再開することになってるっす！」

「なるほど」

大体、概ね想定していた内容通りだったので、シエラはふんふん、と頷いた。

「なので、うちらはこれから、通常業務をこなしつつ、緊急クエストの報酬支払の準備と、報告受付の準備、今回のクエストで使用してなくなる予定の備品関係の発注と、整理をすることになってるっす。あ、あと、今回の件でお休みがなくなった人たちが、明日・明後日にまとまってお休みをとっていってもらうことになってるんで、その分の仕事の引継ぎもあるっすね」

「ひぃ！」

通常の受付業務関連が、森への立ち入り制限のため、減ることを想定していたので、もしかして、ちょっと暇になるんじゃや？　と心の中で喜んだのもつかの間、四日に分かれてお休みをとるはずだった人たちが、二日間で一斉に休むことになるので、通常よりも人手が少なくなってしまうことが発覚し、シエラの気分は一気に急降下した。

「通常業務が少しでも少ないうちに、みんなちゃんと休み取り直せって、ジェルマさんの指示っす」

徹夜で仕事した私への労りは⁉　と心の中で叫びながら、小さく涙目になりつつも、わかった、とシエラは頷いた。

緊急クエスト（と言っても、もう、討伐する対象がいないので、ただの後処理クエストと化してしまっているのだが）に出ていく冒険者たちを見送ったあと、通常通りギルドを開け、緊急クエストを受注できない初心者冒険者たちの受付業務をこなしたシエラは、ちょっと席外すね、と言って、休憩中の札を立てると、仮眠室へと足早に向かった。

「……起きてらっしゃいましたか」

ドアを開けて中に入ると、トーカスがとととと、と歩いてきて、シエラの肩にぽん、と乗っかった。

「とりあえず、時間があまりないので……ちょっと一緒に来ていただけますか？」

そういうと、シエラはコーカスを抱きかかえて部屋を出る。

「どこに行くのだ？　報酬か？」

うきうきした声で聞いてくるコーカスに、シエラはいいえ、と頭を振った。

「違います。まずはギルドマスターに報告しないとなんで」

そういうと、ギルドマスターの執務室のドアをノックし、シエラです、と中にいる人物に声をかけた。

「入れ」

小さく了承の声が聞こえたので、失礼します、とシエラは中に入った。

「……おま、それ………」

顔を上げてシエラを見た瞬間、ジェルマは手に持っていた書類を床に落とした。

「……昨日、ゲートで戻ってきたときに、一緒に来てたみたいです」

「⁉」

シエラの言葉に、ジェルマは一瞬固まる。昨日のことを必死に思い出してみると、シエラが戻ってきた後、すぐにゲートを閉じていなかったことに思い至る。

（シエラからの情報をもとに、今日のスケジュールの組み直しや、後処理のための人員の配置等々を練り直していて、ゲートを閉じたのは……）

昨日シエラが戻ってきてからのことを思い出して、シエラからの報告内容が衝撃的過ぎて、ゲートを閉じるまでに少し時間が経っていたことと、シエラの他に、まさか一緒にゲートをくぐってくる存在がいると思っていなかった為、気を張っていなかったという事実に思い至り、やってしまった、と頭を抱えた。

「他のメンバーには？」

聞かれて、シエラはまだ、と小さく答えた。

「……なぜ、こちらに？」

ちらりとコーカス達を見て聞くジェルマ。

「トーカスがついて行ってしまったのでな、我もついてきただけだ」

コーカスはそう言って、トーカスの方を見る。すると、トーカスが今度は口を開いた。

「報酬は自分で見て決めたいからな！」

こともなげに言う二匹に、ジェルマは、そんな理由で、とがっくりと項垂れた。

「あー、ええとですね、大変申し訳ないのですが、ここは街の中ですので、テイムされていない魔獣や魔物は基本的に、入れないんですよ。見つかったら大事になります」

大きな街では、人々が安心して暮らせるように、門番を置き、外壁で囲って外の魔物や魔獣たちが簡単に侵入できないようにしている。一部、テイマーと呼ばれる、魔物や魔獣と契約・使役する人たちが存在するが、そういう人たちの連れている魔獣たちには、使役していることがわかるよう、見えるところに認識票の取り付けが義務付けられており、この認識票がないと、たとえテイムしている魔獣であっても、街の中には入ることができない。

もし、それを破って街中に連れて入っていることがわかった場合、即座に捕まり、魔獣もその場で処分されることが、法で決まっていた。

「では、シエラが我らを使役《テイム》すれば問題がない、ということだな？」

こともなげに言うトーカスに、シエラは目を見開いた。

「いやいやいや！　私、テイマーじゃありませんから！　テイムの魔法なんて使えませんよ!?」

慌てて首をぶるぶると振るシエラに、首を傾げるコーカス。

「使えなくとも問題はないぞ？　ほれ」

コーカスはそういうと、軽く左の翼を持ち上げる。すると、コーカスの体が光り、そのままその光がシエラの手の甲に吸い込まれていった。

「では、俺も」

今度は肩に乗っていたトーカスの体が光り、同じように、そのままその光がシエラの手の甲に吸い込まれていった。

「ふむ、これで契約は成立したぞ？」

そんな馬鹿な、と慌てて二匹を鑑定する。すると、『テイム：シエラ』とどちらにも表示が出ていた。

「う、嘘……なんで？　どうなってるの⁇」

シエラが聞いたテイムの仕方は、基本的に、魔獣や魔物に対し、まずは契約の印を飛ばし、飛ばした相手に自分を認めさせることができれば、テイム成功となり、使役することができるようになる、というものだった。魔獣毎に契約の印は異なり、強い者になればなるほど、それなりのレベルが要求され、印も複雑になり、さらに、相手の知性が高ければ高いほど、成功率が下がる、とも言われていた。

「どうなってるもなにも。我らが仕えてもよい、と思ったからだが？」

何の問題があるんだ？　と言わんばかりのコーカスの言葉に、ジェルマはハッとする。

「まさか……そういうことか……」

「ジェルマさん？　私、わからないんですけど⁉」

混乱した表情のシエラに、ジェルマはたぶんだが、と口を開く。

「通常はこちらから印を飛ばすことから始まるが、そもそもそれは、相手と意思疎通が図れないからだ。印を飛ばし、こちらから使役をしたいという意思を飛ばし、相手が了承することで、初めてテイムは成功する。だが、もともと相手が了承している状態であれば、最初からテイムが成功しているのと同じ状態になる。だから、印やスキルがなくても、テイムの契約ができてしまったということじゃないか？」

ちらり、とコーカスを見ると、コーカスはそんなところだ、と頷いた。

「シエラの騎士に、俺はなる」

（たぶん）ものすごくきりっとした表情を浮かべるトーカスに、何言ってんだ、こいつ、という顔になるシエラ。

「いや、必要ないんで」

きっぱりと断るシエラに、トーカスはなんでだよ！　とコツコツと頭をつついてくる。

「ちょ、いた……痛い、痛い！　やめ、ちょ、やめて！　ごめん、ごめんて！　嬉しい、嬉しいですから！」

思いのほか痛かったので、思わずシエラはトーカスに謝る。

「全く。人の好意は素直に受け取れ」

（いや、あんた鶏だから）

喉まで出かかった言葉を、シエラはグッと飲み込んだ。

「とりあえず……認識票ってまだ、残ってましたっけ……」

テイムした魔獣達の登録業務については、基本的には職業ギルドでの対応になる。門の各入り口には、職業ギルドから派遣された職員が常駐しており、街の中に入る前に、そこで登録などの作業が行われ、認識票を交付される。

ただ、極稀に、冒険者たちが持ち帰った素材（主に卵）が、持ち込まれたのちに孵化し、魔獣や魔物が街中で産まれることがある。その場合、仮登録として、冒険者ギルドで登録・認識票を発行することがある為、各ギルドでも少しではあるが、認識票を持っていたりする。

「ああ、うちでは今まで、認識票の交付はしたことないからな。二つくらいならあるはずだ」

「それじゃ、申し訳ないのですが、認識票の交付処理、お願いできますか？」

本当は、すぐにでもゲートで森に戻ってもらうつもりだったのに、そのお願いをする間もなく、テイムをされてしまったため、シエラはこめかみをぐりぐりと押さえながら、ジェルマに言う。

「仕方ない。本当はゲートで森にお帰り願いたいとこなんだが……」

ジェルマの言葉に、コーカスはコケケ、と鳴いた。

「馬鹿を言うな。報酬がもらえておらぬのに、戻るわけがなかろう」

「それに、もう主従の関係を結んだのだ。今後はここで、世話になるぞ」

「え？」

トーカスの言葉に、シエラは思わず顔をしかめた。

「ちょ、ちょっと待ってください。それ、本気で言ってます⁉」

「何か不都合でも？」

きょとんとして返すトーカスに、シエラは大ありです！　と声を上げる。

「私は自分の食い扶持《ぶち》を稼ぐだけでいっぱいいっぱいなんです！　それをコーカス様とトーカス様の分まで稼ぐとか、無理ですよ⁉　それに、どこで寝泊まりするんですか！　うちの寮はペット禁止なんです！」

「ぺ、ペット……だと……⁉」

思わず口をついて出た言葉に、シエラはまずい、と口をふさぐ。

「自分の食い扶持程度、稼げないとでも思っているのか！」

が、トーカスの返しに、思わずまた反論する。

「いや、無理でしょうが！　どうやってお・か・ね・を！　稼ぐって言うんですか！」

外に出れば、魔獣や魔物を狩って、自分たちで食べる分を確保することくらいできるだろうが、街中でそれはできない。シエラは週六日はギルドで働いているし、その間、街の外に出るような暇はない。それに、今回のように食料の野菜を手に入れるためには当然ながらお金がいる。そのお金を、魔獣であるトーカスが稼ぐ方法はない。

「素材を持ち込んで、ギルドで売れば金になるだろうが」

「……え？」

トーカスの言葉に、シエラは言葉に詰まった。

（い、いや、そうだけど。え、何、トーカスが魔物とかを狩ってきて、その狩った獲物をギルドに売るってこと？　てか、なんで魔物がそんなこと知ってんの⁉）

なんなんだ、この妙に人間臭い鶏は、と思わず心の中で突っ込む。

「いや、まあ、それならお金はできますけど……いや、でも、私は街の外には滅多に出られませんよ？　仕事がありますし」

もし、週に一度の貴重な休み、彼らが狩りに行く為にあてがえ、ということであれば、シエラとしては断固拒否である。

「シエラがついてくる必要はないだろう？　足手まといなだけだし」

「いや、そりゃそうなんですけど……え、おひとりで行って、帰ってくるってことですか？」

「何か問題でもあるのか？」

「いやいやいや、大ありでしょう！　いくらテイムしてるとは言え、魔獣だけで街中を歩かせられませんから！　それに、魔獣だけで街を出入りすることだってできませんからね⁉」

正直なところ、彼らの場合は、こっそりと街を出て行って戻ってくることくらい、簡単に出来そうではあるが、万が一バレた時、処分を一身に受けるのはシエラ本人であるので、絶対に了承できない。

「なら、初心者冒険者の護衛とか、先生とか。なんか理由を付けて連れて行かせればいいだろ？　それなら、魔物だけで出入りすることにもならないし、外で素材を狩ってこれるじゃねーか。シエラも、初心者冒険者がうっかり命を落とす危険が減るならありがたいんじゃねーか？」

トーカスの思わぬ言葉に、シエラはこれ以上、上手く反論することができなくなった。

認識票の交付をしたり、その他ギルド内での契約、および登録など、諸々の書類業務を行い、いつものように、定時の鐘を聞きながら、通常の依頼を受けて戻ってきた冒険者たちの報告をシエラは時々船を漕ぎそうになりながら聞いていた。

「……ね、眠い………」

ほとんど寝ていない状態のシエラの眠気は、さすがにピークに達していて、思わず本音が漏れる。

「シエラさん、大丈夫？」

ハッとなり、頭を振って、眠気を必死で追いやると、シエラはカウンターにやってきた少女に申し訳なさそうにしながら答えた。

「ご、ごめんね、スミレちゃん。大丈夫！　仕事の報告かな？」

（いかんいかん。いくら眠くても今は仕事中。昨日、ゴブ共の駆逐に付き合って徹夜したとか、スミレちゃんには関係ないこと！）

少しまだ心配そうな表情だが、スミレはこくんと頷くと、カウンターに採ってきた薬草類を置いた。

「それじゃ、確認していきますね。今日は、と……おぉ！　スミレちゃん、朝露草見つけたの!?」

薬草に交じって、薄水色をした小さな花をつけたものが二本。

朝露草と呼ばれるそれは、様々な状態異常回復薬のベースとして必要になる薬草の一種なのだが、花がついていないと役に立たず、スミレが普段、薬草を探している平原では、中々見つからないものだった。

「それじゃ、今回の買取は……薬草が十束に、セリナズ草が五束、朝露草が二本だから合計で銀貨二枚と、銅貨三十五枚です！　すごいね、スミレちゃん！」

はい、とそれぞれの硬貨をカウンターに置くと、スミレは嬉しそうにはにかんだ。

「これで、ようやく森に入れるかな」

小さな声で呟くスミレに、シエラは、もしかして、と聞く。

「うん、お金がこれで貯まったから。防具と武器が買えるんだ」

へへ、と笑うスミレに、シエラは頭を優しく撫でた。

「頑張ったね、スミレちゃん！　これでまた、凄腕冒険者になる夢に、一歩近づいたね！」

「うん！」

シエラは、それなら、と、スミレに一枚の紙を手渡した。

「森に入るってことは、装備を調える気もあるし、もちろん、討伐依頼もこれからは受ける気があるってことだよね？　それなら、装備を調えたら、一度、この討伐講座っていうのを、受けるのをお勧めします」

「討伐講座？」

スミレは受け取った紙を見つめながら、首を傾げる。

「うん。討伐依頼を受ける・受けないにかかわらずなんだけど、森に入るってことは、魔獣や魔物と遭遇する可能性があるってことだから、そうなったときの対処方法とか、武器を扱ったことのない初めての人には、簡単な武器の扱い方なんかも教えてくれるし、討伐した時の解体の仕方とか、諸々、必要になりそうな知識を教えてもらえる講習で、特典として、その講習の内容をまとめた冊子もプレゼントしてるんだ。講習料も、銅貨三十枚で、そこまで高くないから、おすすめだよ」

「……はい、わかりました！　受けます！」

少し悩んだあと、スミレは大きく頷いた。

「うん、承りました。それじゃ……講習はいつ受けますか？　この講習は毎日開催ができるから、最短だと明日の午前中とかになるけど」

それを聞いたスミレは、ううーん、としばらく悩んだ末、明日で！　とお願いした。

その後、残っていた仕事を必死で終わらせ、日付が変わるギリギリ前に何とか仕事を上がったシエラは、コーカスとトーカスを連れて、彼らを連れていることがバレないよう、こっそりとギルドの職員寮へと帰ると、部屋に入ってドアにカギをかけるなり、そのままベッドへと倒れこんだ。

「……何とか、無事、帰れた……。長かったよぉぅ。……あ、とりあえず、コーカス様もトーカス様も、おなかすきましたよね。でも、仕事が忙しくて、お野菜の買い出しに行けなかったので、申し訳ないのですが、今日はこれで我慢してください」

そう言って、マジックバッグから昨日購入した、豆類と穀物類をすべてテーブルの上に出した。

「もう、本当に今日は限界なんです……文句は明日、いくらでも聞きますので、とりあえず、それ、

食べ、て……」

そう言って力尽きたシエラは、ぐぅ、と小さくいびきをかきながら眠りについた。

翌朝、目覚まし時計の音で目を覚ましたシエラは、しっかりと睡眠がとれたおかげで、すっきりとした頭で起きることができた。久々にちゃんと寝ることができた、と、気持ちの良い目覚めだった。

「……嘘でしょ……」

そして、部屋の惨状を見て愕然となった。

「ちょっと、コーカス様、トーカス様ぁ?」

すやすやと気持ちよさそうに寝ている二匹の首をつかみ上げてゆさゆさと揺さぶって起こす。

「ぐげぇ! な、なんだ、人が気持ちよさそうに寝ているところを」

「なんだじゃないんですよ、なんだ、じゃ。これ、何!」

部屋中に散らかった、豆や穀物の殻。昨日、机に出した夕食の残りかすが部屋中に散乱していた。

「昨日、ちゃんとした食事を提供できなかったのは申し訳ないと思ってるけど、だからってちょっと、お行儀が悪いんじゃないんですかねぇ?」

額に青筋を立てながら二匹を睨みつける。

「そこらの畜生とは違うんだから、ちゃんと後片付けしておいて。私、顔洗って食事とってくるから……戻ってくるまでに片付けが終わってなかったら、今日のご飯、抜きだからね」

『横暴な!』

二匹が口をそろえて抗議する。

「誰の部屋だと思ってんのよ！　大体、なんで人（っていうかコッカトリス）の食べた残りを私が片付けなくちゃだめなのよ！　まだ文句言うなら、報酬のマイス、減らすからね！」

そういって、タオル片手に、シエラは部屋を出た。

（……あいつら、高ランクの魔獣だからと思って下手に出てたけど、もう、容赦しないんだから！　敬語だってもう、止めよ、止め）

ぷりぷりと怒りながら、顔を洗った後、食堂に顔を出す。

「マーサさん、今日、朝ご飯大盛りでお願い」

「おや、珍しい。あぁ、そういえば、おととい から顔見てなかったけど、忙しくてくいっぱぐれてたのかい？」

お皿に朝食を盛りつけながらおばちゃんに聞かれて、シエラはそうなの！　と大きく頷く。

「もう、おなかがすきすぎて限界なの！」

「あはは、わかったよ。ほら、好きなだけ食べな！」

いつもの倍近い量が入ったお皿ののったトレーを受け取り、シエラはありがとう！　とお礼を言って、席に着くと、一気にそれらをかき込んだ。

（うぅ、幸せ……！　ごはんが美味しい！　今までで一番美味しい気がするよぉ）

いつもと変わらない、黒パンにスープ、サラダとフレークすべてを食べ終えると、ごちそうさまでした、とトレーを返却し、部屋に戻った。

「お、やればできるじゃん」

シエラの言葉に、不服そうにトーカスが呟く。

「なんで俺がこんなことを……」

「私の騎士になるって言ったじゃない。主に部屋掃除させるとか、どんな騎士だよ」

突っ込むシエラに、トーカスはぐぅ、と反論ができなかった。

「とりあえず、支度が終わったら、他のみんなに見つからないうちに、ギルドに出勤するから、ちょっとだけ大人しく待ってて」

シエラは急いで体を軽くふき、制服に着替えると、マジックバッグ片手に、昨日戻ってきたときと同じように、気配を殺し、他の人に会わないよう、細心の注意を払いながら、コーカスとトーカスを連れて、寮を出た。


ギルドに出勤し、いつものように仕事をしていると、朝の受付ラッシュが落ち着いたころに、スミレがやってきた。

「あ、スミレちゃん！　おはようございます」

「シエラさん、おはようございます」

挨拶をかわし、講習だよね？　と聞くと、スミレは大きくうん、と頷いた。

「じゃ、ついてきてくれるかな」

カウンターに休憩中の札を出し、シエラはスミレを会議室へと連れて行き、一冊の冊子を渡した。

「それじゃ、今から今日の講習の教官を連れてくるから、それに目を通しながら、待っててね」

そういって、シエラは部屋を後にすると、パタパタと解体場の方へと走っていく。

「ええと、今日は確か……あ、いたいた！　ロイさん！」

卵泥棒事件のせいで、森に入れなくなっている剛腕の稲妻のリーダー、ロイを見つけると、シエラは声をかけた。

「シエラちゃん！　あ、もう、そんな時間？」

ロイが聞くと、シエラは頷き、行きましょう、と言って、ロイを連れて解体場を後にする。

「お待たせ、スミレちゃん。こちら、Bランク冒険者で、『剛腕の稲妻』のリーダー、ロイさん。今日の講習の教官だよ。ロイさん、こちらが今日の講習を受けるスミレちゃんです」

お互いの自己紹介を済ませると、では、お願いしますね。と言って、シエラは会議室を出た。

それから二時間ほどたったところで、会議室から出てきたスミレとロイが、シエラのもとにやってきた。

「講習終わったぜ」

「はい、ありがとうございます。スミレちゃん、どうだった？」

「すっごくためになりました！　森はやっぱり少し怖いけど……でも、気を付けて、頑張ってみたいって思います！」

その言葉に、シエラはにっこりと微笑む。

「あ、お二人とも、昼食はまだですよね？」

シエラが聞くと、二人は頷いた。

「それじゃ、一緒にお昼に行きませんか？」

シエラが言うと、ロイとスミレは頷いた。

「……おい、シエラ、そやつ」

足元に置いてある箱の中ですやすやと寝ていたコーカスがむくりと体を起こし、カウンターの上に飛び乗ってくる。

「お？　なんだ？　なんか変わった色した鶏だな」

ロイが言う。

「貴様……やはり、間違いない。あの時の！」

コーカスの反応に、慌ててシエラが、待ったをかけた。

「コーカス！　だめ、お座り！」

叫んだ瞬間、コーカスは強制的に、その場に座らされる。

「シ、シエラ⁉　貴様、何を」

「ギルド内で喧嘩はだめ！　コーカスのこと、ロイさん、わかってないから。……ちゃんと後で伝えるから、少し堪えて」

シエラに言われて、コーカスは、仕方がない、と不満げながらも、何とか怒りを抑えてくれたのだった。

「その節は、大変、申し訳ございませんでした！！！！！」

「あ、今日の日替わり定食三つと、いつもの野菜盛りをマイス多めで二つ」

「はいよ！」

傍目にはただの鶏《コーカス》に土下座をしている冒険者。その傍らで、全く気にしたそぶりも見せず、注文をしているギルドの受付嬢に、どうしたらいいのか、オロオロとする少女の姿と、完全に見て見ぬふりを決め込んだウエイトレス。

「大切な我の卵を盗んだ罪は、万死に値する」

「ぐぅ！」

怒りＭＡＸで地を這うような低い声で威嚇し、ロイの頭をげし、と踏みつけるコーカス。

「まぁ、今回の件については、シエラの顔を立てて、貴様のことは見逃してやる。森にも言われた通り、入っていないようだしな」

「あ、ありがとうございます！」

「誰がその面を上げて良いと言った！」

「も、申し訳ございません！」

思わず顔を上げたロイの頭を、ギリッと脚に力を入れてまた、無理やり下げる。

はたから見たら、これ以上ないくらいシュールな光景が、そこには広がっていた。

「はいはい、コーカス様。そこまでで。ほら、ご飯がきましたよー」

ウエイトレスが、野菜盛りを机の上に置くと、コーカスとトーカスが机に飛び乗り、上手にコツコツと野菜をついばんでいく。

「とりあえず、スミレちゃんは初めまして、だよね？　こっちの白銀の毛をしたのがコーカス様、で、こっちの漆黒の毛をしたのが、トーカス様。二人とも、こう見えてコッカトリスさんなんだよ」

のほほんとした顔で紹介するシエラに、スミレは思わず「え？」と聞き返した。

「し、シエラさん……？　いまコッカトリスって……」

「はい！　日替わり三つ、お待ち！」

「ありがとう！　ほら、スミレちゃんも食べて食べて！」

「え？　あ、ハイ……え？」

全く状況が飲み込めなかったが、とりあえず、出された定食を、一生懸命むしゃむしゃと食べるスミレ。その食べっぷりに、シエラは思わず顔を綻ばせた。

「そうそう、スミレちゃん、装備を調えたら、一度、森に行ってみたいって言ってたでしょう？」

「あ、はい！」

食後のお茶を飲みながら、シエラが聞くと、スミレは目を輝かせながら頷いた。

その隣では、ようやく頭を上げることを許されたロイが、涙を流しながら定食を口にしている。

「スミレちゃんも、もうそれなりに経験を積んできてるし、いい頃合いだと思うんだけど、やっぱり、一人でいきなりっていうのは、少し心配なんだ」

元々、スミレも冒険者になったばかりのころは、パーティーでの活動を夢見ていた。当然、スミレと同い年で冒険者になった子がいないわけではない。

だが、もともと人見知りの激しい彼女は、ギルドへの冒険者登録が精いっぱいで、同じタイミングで冒険者登録をしていた他の子達とうまくコミュニケーションをとることができず、気が付けばすでに数名ずつで輪ができてしまい、その中に入れてほしいと言うこともできず、いまだにソロで活動だけを続けている状況だった。

「そう、ですよね……。やっぱり……」

低ランク冒険者の仕事は簡単なもの、と言われるものの、それでも、平原での薬草採取と森に入っての討伐依頼とでは、危険度がぐんと変わってくる。さらに言えば、ソロとパーティーとでは、生存率もさらに変わってくる。

初めて森に入るのであれば、可能な限り、パーティーを組んで入るか、もしくは、他の冒険者と一緒に、臨時で仲間に入れてもらうことが望ましい、ということは事実であった。

「初心者の場合は、やはり周囲をいくら警戒していても、一人では限界があるし、抜けも出る。そんな状態で、うっかり何かの群れや、予想していない高ランクの魔物たちに遭遇してしまったら、確実に命を落としてしまうだろうな」

もしゃもしゃと付け合わせの葉っぱを食べながら、きりっとした表情で言うロイに、せめて、食べ終わってから言えよ、と心の中でシエラは突っ込みつつ、そうですね、と小さく頷いた。

「そこで、なんだけど」

パン、と両手を叩いてシエラはにっこりと笑う。

「この、コーカス様とトーカス様を一緒に連れて、森に行ってみる、って言うのはどうかな？」

『え⁉』

ロイとスミレが目を見開いて驚く。

「良い案だな。我等だけでは街から出ることも、街に戻ってくることも叶わんらしいからな。こちらとしても、渡りに船だ」

こくこくと頷くコーカスに、スミレは動揺する。

「で、でも、コッカトリスさんって……魔獣……でしたよね……？」

シエラを見るスミレに、にっこりと笑って返す。

「大丈夫。今は（不本意ながら）私がテイムしているので」

『えぇ⁉』

受付嬢で魔獣をテイムしているなど聞いたことがない、と、ロイは目を白黒とさせていた。

「なので、二人がスミレちゃんに危害を加えることはありませんし。実力に関しては、私が保証しますよ。それに、さっきのロイさんとコーカス様のやり取りを見たでしょう？」

なるほど、と頷くスミレ。

「それに、ほら。二人は見た目完全にただの珍しい色をした鶏ってだけだから、ペットと一緒に森に行くつもりで行けば、緊張もしないでしょう？」

「おい、それはそれでダメだろう」

コーカスの突っ込みに、シエラは、まぁ、適度な緊張感は必要だったわ、と口を尖らせた。

「とにかく。もしよければ、一度、軽く森の様子見に行くときにでも、二人を連れて行ってみませんか？　許可証に関してても、こちらとしてもメリットがあるお話になるので、私持ちでもちろん発行させてもらいますし」

どうかな？　と聞くシエラに、スミレは小さく、お願いします、と頷いた。

「そうだ、ついでにこれから防具とかを見に行くのに、コーカス様とトーカス様も一緒に行ってきたら？　街の様子、見てみたいって前に言ってたじゃない？　まぁ、スミレちゃんがもちろんよければ、なんだけど」

名案じゃない？　とニコニコと笑って提案するシエラ。

「え……と、私は問題ないんですが……その、私なんかが案内役でいいんでしょうか……？」

「いいよね？　コーカス様もトーカス様も」

二人に聞くと、どちらもこくんと頷いた。

「その代わり、我等にも小遣いを寄越せ」

「え？」

「スミレよ、マイスが売っている店は知っておるな？」

「え？　マイスって、野菜の？」

「そうだ。シエラ、付き合う代わりにマイスを途中で買わせろ。そのための小遣いを寄越せ」

「スミレよ、お前は我らの代わりにマイスを買うのだ」

『これは、決定事項だ。これがダメだというのなら、我等は付き合わぬ』

声をハモらせる二人に、シエラは苦笑しながらも、どうせ野菜は常に足りてないし、と思い、はいはい、と頷いた。

「あ、ありがとうございます！　美味しいお野菜屋さんを知っているので、案内しますね！」

スミレが言うと、二人は満足げに頷いた。


「それじゃスミレちゃん。これ、コーカス様とトーカス様のマイスを買うためのお金です。二人とも、すっごく食べるから、これで買えるだけ買って、このバッグの中に入れて帰ってきてもらえるかな？」

ギルドに戻ったシエラは、カウンターに戻ると、机からごそごそと取り出した、銀貨五枚が入った小さな袋と、マジックバッグをスミレに手渡した。

「は、はい！」

（お金もバッグも、なくさないようにしないと！）

緊張で手が震えているスミレに、シエラは苦笑しながら、緊張しなくても大丈夫だよ、と笑った。

「あ、それと、これはスミレちゃんに」

「え？」

シエラはスミレに、銀貨三枚を渡した。

「シエラさん、え⁇」

「だって、スミレちゃんに、コーカス様とトーカス様のお散歩をしてもらう上に、マイスのお使いまでお願いすることになるんだもの。これは、私からスミレちゃんへの依頼報酬の先払いです」

「そんな、でもこれ、多すぎるよ！」

焦るスミレに、シエラはフルフルと首を振る。

「気にしないの！　それに、これは正当な報酬だよ？　だって、スミレちゃんのプライベートな時間なのに、お仕事してもらうんだもん」

にっこりと笑うシエラ。

「受け取って」

スミレは手にした銀貨を見つめながら、小さく、ハイ、と頷いた。

「では、行ってきます」

「はい、行ってらっしゃいませ」

シエラは手を振りながら、スミレとそのあとに続く二匹を見送った。

「おい、大丈夫か？」

ギルドを出て、街を歩く。だが、今まで持ったことのない（スミレ的）大金を手にしているため、スミレの表情は硬く、少し小走りになっていた。

「おい、スミレ？　スミレ？　……スミレ！　危ない!!」

「え？」

「うぉ！」

前を向いて歩いていたにもかかわらず、緊張で視野が狭くなってしまっていたため、急に路地から出てきたおじさんとぶつかってしまう。

「す、すみません！」

慌てて立ち上がり、スミレがおじさんに謝る。

「いやいや、お嬢ちゃんの方こそ大丈夫か？」

「はい、大丈夫です」

下手な人だと、ここで絡まれることもあるのに、優しい人で良かった、とほっとするスミレ。

「そうか、気を付けて」

「……おい、貴様。そのケツに隠したものを今すぐスミレに返せ」

おじさんがそのままその場を去ろうとした時だった。

コーカスが少し低い声で威嚇するように言う。

「……な、なんのことだ？　って……あ？　鶏が喋った⁉」

一瞬、どういうことかわからず、呆けた表情になる。次の瞬間、トーカスの飛び蹴りが綺麗に決まった。

「ぐわぁ！」

そのまま倒れ込むおじさん。

すると、ズボンのポケットから、チャリンチャリン、と銀貨が数枚とマジックバッグが地面に落ち、そして、上着からは複数の財布が飛び出した。

「え……え⁉　あ、マジックバッグ⁉」

スミレは慌てて地面を見回してみる。が、シエラから渡されたマジックバッグがどこにもなかった。慌てておじさんが落としたマジックバッグを拾い、中を確認すると、シエラから渡された銀貨が入った小袋と、森に行くために最低限必要なものを書いてもらったメモが入っていた。

「こ、これ、私がシエラさんからお借りしてるやつ！」

真っ青な顔になって叫ぶスミレに、何事だ？　と野次馬が集まってくる。

「……あれ？　あの財布……あ、嘘だろ、なくなってる！　おい！　それ、まさか俺のじゃねーだろうな！」

男が落とした財布を見た野次馬の一人が叫ぶ。

おじさんは小さく舌打ちし、慌てて体を起こして逃げようとした。だが。

「貴様、俺を今、鶏なんぞと一緒にしたのか？　あぁ？」

コーカスがおじさんの目の前に立ちはだかる。

「人のものを盗んでおいて、何しれっと逃げようとしてんだよ。どうせぶつかったのも、スミレの持っていたものを掏《す》るのが目当てだったんだろうが」

トーカスが背後からまた一蹴りする。バランスを崩して、おじさんはまた、倒れ込んだ。

「おい！　一体なんの騒ぎだ、これは！」

バタバタと騒ぎを聞きつけて、衛兵が駆け付けた。

「あ、ちょうどいいところに！　こいつ、スリだよ！」

財布に気づいた野次馬が、衛兵に事情を説明している。

「ふん、あとはあやつに任せればよいか。スミレ、ちゃんと金とバッグは回収したか？」

コーカスに言われて、呆然としていたスミレはハッと我に返り、はい！　と頷いた。

「よし、じゃ行くぞ」

そういって、トーカスが歩き出す。

「あ、トーカス様！　そっちじゃないです、こっちですよ！」

スミレは慌てて駆け出した。


「うわぁ……いろんなのがいっぱいある」

街でひと悶着あった後は、コーカスに普段通りにしていれば大丈夫なのだから、シャキッとしろ、と怒られつつ、何とかシエラに薦められた武器屋にたどり着いた。

少し寂れた感が否めない見た目のお店ではあったが、中に入ると様々な武器や防具が綺麗にディスプレイされていて、スミレは目を輝かせながら店内を見回っていた。

「いらっしゃい、と。今日はえらく可愛らしいお客さんだな」

店の奥から出てきたのは、がっしりとした大柄な男性だった。

「あ、こんにちは！　あの、私、初心者なのですが、防具と武器を買いたくて来ました！」

「武器屋なのだから防具と武器を買うのは当たり前だろ？」

トーカスに突っ込まれて、顔を真っ赤にするスミレ。

「ぶわっはははは！　可愛いお嬢ちゃんだな！　俺は店長のルドルフだ。どれ、俺が見繕ってやろうじゃないか。予算はいくらだ？」

ルドルフがにかっと笑うと、スミレは持っていた自分の財布から、お金をカウンターの上に出した。

「ど、銅貨が多くてすみません……えと、全部で中銀貨一枚分くらいあるので、それで買える、防具と武器を教えてください」

ルドルフはどれどれ、とお金を数えていく。

「お、確かに、銅貨が八百五十枚と、銀貨が二枚あるな。そうだな、これなら……ちょっと待ってろよ？」

そう言うと、ルドルフはカウンターから出てきて、小さめの革の胴当てと小手、丈夫そうな革靴と、短剣をいくつか持ってきた。

「初心者だしな、あんまりあれこれつけちまうと、逆に慣れてない分、動きを阻害しちまう。だから、最低限の防具で、無理せずにまずは慣れていくことだ。こいつはイビルフロッグって魔物の皮をなめして作ってあるから、軽くて丈夫で、多少の雨ならはじいてくれる。同じ皮でできてる靴も、一緒に買っておいた方がいい。今履いてる靴じゃ、森の中をウロチョロするにはちと心もとねーからな」

薄いモスグリーンの革でできた防具と靴をカウンターに置く。スミレはふんふん、と一生懸命説明を聞く。

「それと武器だが、お嬢ちゃん、今まで何か使ったことはあるか？」

聞かれてスミレは小さく頭を振る。

「実戦は今まで一度も……。一応、冒険者になりたいって思ってたので、協会に置いてあった木剣で、素振りの練習は毎日してました。でも、そのくらいです……」

消え入りそうな小さい声で、俯き答えるスミレ。

「まぁ、お嬢ちゃんくらいの年ならそんなもんだろう。ちゃんと練習してただけでもえらいぜ」

うんうん、と頷くルドルフ。

「これなら、お嬢ちゃんが持っても、ちゃんと扱えるだろう。ギルドで武器の扱い方なんかも教えてもらえたはずだから、詳しいことはそっちで聞いてみるといい。ほれ、持ってみな」

差し出された小さな短剣を手に取るスミレ。木剣よりも重く、鈍く光るその剣に、スミレはドキドキしながら両手で柄をしっかりと握り、構えてみる。

「お、いい感じじゃねーか」

にっこりと笑うルドルフに、スミレは少し照れくさそうにありがとうございます、と答える。

「これで今のところ、銀貨二枚ってとこだな。あと、他に何かいるものあるか？」

ルドルフに聞かれて、スミレは慌てて、シエラにもらったメモを取り出す。

「ええと……剥ぎ取り用のナイフを二本と、ポーションなんかを入れておけるバッグ、は買えますか？」

「ふむ、それなら……あ、あったあった。剥ぎ取り用のナイフは一本銅貨百五十枚で、バッグは大人にはちょっと小さいって売れ残ってたのがあったから……そうだな、こいつは銅貨三百枚にしといてやるよ。あとは俺から新人冒険者のお嬢ちゃんにお祝いで、短剣をさしておけるベルトもつけてやる。防具一式と短剣一本で銀貨二枚、しめて銀貨二枚と銅貨六百枚ってとこだな」

「そ、それでお願いします！」

スミレは嬉しそうに笑って答えた。


「お、お嬢ちゃん、お使いかい？　今日はルジーヌ《なすび》が新鮮で安いよ！　どうだい！」

「今日はポーブン《ピーマン》がおすすめだよー！　一籠どうだい！」

防具と武器を無事に購入できたスミレは、コーカス達とともに、夕方まで開いている市場へとやってきていた。

「コーカス様とトーカス様は、マイスがご希望でしたよね？」

スミレが聞くと、コケ、とコーカスが頷いた。

「それじゃぁ……教会の買い出しでいつも行くお店がここにあるので、まずはそこを見に行ってみてもいいですか？」

うーん、と少し考えた後に聞いてみる。コーカスはまた、コケ、と頷いた。

(急に喋らなくなっちゃったけど……どうしたんだろう？)

コケコケと鳴くコーカスを不思議に思いながら、スミレが歩いていると、急に、ふっと大きな影がスミレを覆った。

「？」

振り返ると、そこには大柄な男が二人立っていて、ニヤニヤと笑いながら、スミレの方を見ていた。

(これは、逃げたほうがいいやつだ……！)

嫌な予感がしたので、そのままさっと前を向いて走り去ろうとしたが、一人がそれを阻むように、スミレの前に立つ。

「お嬢ちゃん。珍しいの連れてるじゃねーか」

「お嬢ちゃんにはちょっと勿体ねーんじゃねーか？　俺が代わりに飼ってやるから、ちょっとよこせよ」

目の前の男が、コーカスに手を伸ばす。

「だ、ダメです！」

とっさにコーカスをかばうように立つスミレ。

「あぁ？」

小さな少女ならば、少し脅せば簡単にあきらめるだろうと踏んでいた男たちは、スミレの行動に眉を顰めた。

「おいおい、お嬢ちゃんよ。たかが鶏のために、痛い目見たいってのか？　あ？」

苛立ちを隠そうともしない男たちに、スミレは震えながらも、じっと男を見つめて、渡せません、と答えた。

「あははははは！　渡せねーってよ。でも、お前の許可なんて求めてねーんだよっと！」

そういって、男がスミレの手をつかもうとした時だった。

「ぎゃぁ！」

コーカスが男の腕を思いきり蹴飛ばし、その勢いで男はそのままぐりんとバランスを崩し、倒れ込む。

「な、なんだ⁉」

相方が急に視界から消えたことに驚くもう一人の男。

「てめぇら……さっきから鶏、鶏と……俺様の正体もわからねぇ三下は引っ込んどけや！」

今度はトーカスがバサッと飛び上がり、立っていた男の顔面に蹴りを入れた。

「ふぎゃ‼」

倒れ込む男に、スミレは目を丸くする。

「スミレ、我等をかばおうとしたその勇気、なかなかよかったぞ？」

「震えてたけどなー」

「トーカス！　からかうでない！」

「はーい」

「え、と。あの」

状況が若干飲み込めないスミレに、コーカスは笑いながら言う。

「お主も一人前の冒険者なのだろう？　あのような手合いもこれから増えるだろう。その時、どういう対応をするのかを見たかったのでな、少し、最初に静観させてもらった」

「まぁ、弱っちいのに頑張って俺らを守ろうとしたことは褒めてやるぜ」

「トーカス！　まぁ……我等だけでも全く問題はないのだがな。はなからこちらを頼るようでは、森に入ることなぞできんからな」

「あ……」

言われてそこで、コーカス達がすごい魔物であることを思い出した。

「そういえば、コーカス様もトーカス様も、コッカトリスさんでしたね……」

スミレの一言に、なんだ、忘れてたのか、とトーカスが笑う。

「でも、あの、ありがとうございました」

スミレがお礼を言うと、コーカスとトーカスは、気にするな、と笑った。

「はい、ではこれが受領書です。お疲れ様でした。また、お願いしますね。次の方……あ、スミレちゃん！」

「シエラさん、戻りました」

「お帰りなさい。どうだった？」

スミレの嬉しそうな笑顔を見て、シエラはうんうん、と頷いた。

「良い買い物ができました！　そうだ、シエラさん、これ。中に野菜が入ってるので、確認してもらってもいいですか？」

「はい、それじゃ確認するね……って、あれ？　なんか色々入ってるけど……スミレちゃんの防具とかは⁇」

マジックバッグの中を確認すると、野菜にポーション、傷薬にコップ、火打石や野営用の寝袋等々、いろいろなものが入っていたが、肝心のスミレの防具や武器らしきものが見当たらなかった。

スミレが装備しているわけでもなかったので、不思議に思ってシエラが聞くと、ギルドに戻る前に、いったん自分の部屋に置いてきた、と、スミレは答えた。

「そっか、そうだね。今日これから森に行くわけじゃないもんね。……ん？　じゃ、このポーションとかは⁇　スミレちゃんのじゃないの？」

お願いしていたのはコーカス達のご飯になる野菜だったはず。スミレの荷物をすでに置いてきたのであれば、このポーション類は一体誰のもの？　と頭に「？」が飛び交うシエラ。

「それが、実は……」

スミレの話によると、行きつけの八百屋に行ったところ、ちょうど、近くの屋台で冒険者同士の揉め事が起こっていたらしい。スミレでは止めることはもちろん無理で、どうしようかと思っていたところ、揉め事が大きくなり、殴り合いが始まり、近くの店に倒れ込んだりと、被害が拡大し始めたとき、見かねたコーカス達が冒険者をのし、被害が最小限に食い止められ、そのお礼にと、周囲のお店から、いろいろなものを渡された、ということだった。

「それで、こんなにいろいろあるのね……」

とはいえ、正直なところ、シエラにはほぼ不要なものばかりだった。

「んー、これ、野菜以外はスミレちゃんがもらってくれないかな⁇」

「え⁉　いいんですか⁉」

スミレとしては、正直、ポーションなどの消耗品や野営グッズなどは、これからそろえていかないといけないものではあったので、とてもありがたい申し出だった。

「私はほら、ただの受付嬢だから。野営グッズとか、正直あっても普段から使わないし、ポーションや傷薬なんかも使う機会はめったにないから、たぶん、劣化させちゃうし」

薬関係はもちろん長持ちするが、それでも、数か月もすれば、もちろん劣化が始まるし、長く放置すればするほど、効果は薄くなり、液体ポーションなんかは傷んだりもしてくる。

「それなら、スミレちゃんの方が、必要だと思うし。使う人が持ってたほうがいいと思うんだよね。それに、そもそもその現場に私はいなかったわけだし。コーカス様もトーカス様も、それ、使わないしね」

確かに、とスミレはコーカス達が寝袋に入っているところを想像して、苦笑する。

「だから、これはスミレちゃんがもらって?」

シエラの言葉に、スミレはありがとうございます、とお辞儀した。

「明日はさっそく、森に行くの?」

バッグから野菜以外のものを取り出して、別のバッグに詰めながらシエラが聞くと、スミレははい、と頷いた。

「了解です。それじゃ、また明日」

「はい、また明日、お願いします」

スミレは手を振りながら、ギルドを後にした。


「よし、誰もいない……!」

シエラは寮の入り口からそっと中を覗き込み、廊下に人がいないことを確認すると、急いで中に入り、部屋まで走った。

「ふぅ、何とか今日もばれずに済んだ……」

部屋につくと、コーカス達が野菜を出せとうるさかったので、バッグの中に入っていた、マイスと青色空豆を取り出して、机の上に置いた。

「それじゃ、私も夕食をもらってくるから、静かに、先に食べててください」

「おい、トーカス！　そのマイスは我のものだぞ」

「父上、世の中弱肉強食です。うかうかしているほうが悪いのです」

「なんだと!?」

「し・ず・か・に！　食べててね？」

二匹の首根っこをつかみ、にっこりと笑っていうシエラに、コーカス達は無言でこくこくと頷いた。

「とりあえず、今後どうするのか、話し合いましょうか」

食堂で握ってもらったおにぎりを頬張りながら、シエラが言う。

「今後？」

コーカスがマイスを突くのをやめて、首を傾げた。

「今後です。そもそも、いつまで街にいるつもりなんですか？　いつかは森に帰るんですよね？」

シエラが聞くと、トーカスが今度は首を傾げた。

「なぜ森に戻る？」

「え？」

その言葉に、シエラは眉を顰めた。

「街にマイスが売られているのであれば、街にいるべきだろう？」

「そうだな、それに、今後はスミレの面倒も見るのであろう？　であれば、ギルドにて我らも常駐していた方がいいのではないか？」

「常駐とか……よくご存じですね……」

頬をひくつかせながら、シエラが言う。

「まぁ……案の定というかなんというか、森に戻る気がなさそうだな、とは思ってましたけど……ていうか、他のコッカトリスさんたちはどうするんですか？　偵察から戻ってきたときにお二人がいなかったら困るんじゃないですか？」

シエラが聞くと、心配ない、とコーカスが答えた。

「それより、俺らはどのくらい稼いでくればいいんだ？」

トーカスに聞かれて、シエラはうーん、と考える。

「そうですね……正直、お二人がこのまま一緒に生活することを考えると、大容量・高性能のマジックバッグが欲しいところなんですよね。私の寮の部屋に大量の野菜を置いておくにしても限界がありますし、何より最近、時間が経過しないっていう高性能タイプも出てきてるみたいなんで、できればそれを持っておきたい」

いつまでも、ギルドのマジックバッグを借りたままではいられない。このまま二人がシエラのも

とで居候をするとなるのであれば、必然的に、個人所有のマジックバッグを入手する必要がある。

「ただ、高いんですよねー、マジックバッグ……」

「いくらだ？」

コーカスに聞かれて、シエラはうーん、と唸る。

「ギルドに回ってきてたカタログに載ってた一番小さいやつだと、確か大銀貨一枚分ですね。一番大きいのは金貨三枚もしたんで、さすがにそれは無理……」

「それだけ稼ぐには何を狩ればいい？」

トーカスに聞かれて、シエラは唸る。

「えぇ？　大銀貨一枚とかそう簡単には無理ですけど……そうですねー、あ、トレントなら一本倒したら、大銀貨一枚になりますねー。擬態が見破れないことが多くて中々見つけられないので常に品薄なんですけど、魔道具の素材として人気があるんで、高価取引されてるんですよ。一本丸々、使用できそうな部分が残ってた場合は、今の相場は確か、一本で大銀貨一枚だったはず」

でも、これはかなり奥の方へ行かないと狩れないし、遭遇しない魔物なので、正直、現実的ではない。

「あとはー……あ、フレイムウルフの毛皮なんかは割と人気があるので、丸々二匹分くらい持ち込んでもらえれば、大銀貨一枚くらいにはなると思います」

割と遭遇しやすい魔物ではあるので、まだトレントよりは現実的かな？　と答える。

「今度、私のお休みが四日後なので、その時までに、他に依頼含めていいものがないか調べておきますね」

シエラが言うと、頼んだ、と頷き、トーカスはマイスをまた食べ始めた。

今日も今日とて、他の人に見つからないように、シエラは二人を連れて、朝早くに寮を出て、ギルドへと向かった。

「はぁ……早く許可が下りるといいんだけど」

寮で魔獣を飼う許可を、現在中央ギルドに申請しているところなのだが、基本的にはこういった申請関連の最終承認が下りるまでには大体一週間くらいかかる。

「急ぎでジェルマさんにはお願いしてるけど、いつ許可が下りることやら……」

着替えを終えて、カウンター周りの片付けをし、ギルド内の掃除をしていると、オーリが出勤してきた。

「あ、姐さん、おはようございます！　今日もコーカスさんとトーカスさん、良い毛艶っすね！」

「オーリ、おはよう。ていうか、その姐さんっての、ほんとやめて……」

何度言ってもやめないオーリに、シエラは半ば諦めつつ言う。

「それは無理っす！　だって、姐さんは姐さんなんで！」

「なによ、その理屈は……」

はぁ、と特大のため息をつきながら、シエラはギルドの入り口のカギを開けた。

「今日こそは、残業なしで上がりたい……」

小さく呟きながら、カウンターへ戻り、シエラは入ってきた冒険者たちに、笑顔を向けた。

「それじゃこれ、コーカス様とトーカス様のテイム委託証明書ね」

受付にやってきたスミレに、銀色のネームプレートを渡す。そこには、トーカスとコーカスの名前が刻まれており、裏返すと、シエラの名前が刻まれている。

基本的にテイムされた魔獣は、主人から離れて行動はできないようになっているのだが、従魔の知能が高い場合、一時的に主人の権限を別の人間に移すことができる。その場合、従魔自身に取り付ける認識票のほかに、従魔の名前と、本来の主人の名前が書かれたプレートを所持する必要があり、そのプレートなしに従魔を連れていることがわかった場合、罰金が科せられる。

「なくさないように、首から下げておいてね?」

「はい」

「今日は、特に依頼は受けずに、まずは森に入ってみて、様子を見る感じかな?」

シエラが聞くと、こくり、とスミレは頷いた。

「初めてなので、正直、下手に依頼を受けてしまったら、失敗してしまう可能性もあるので」

「うんうん、慎重なのはいいことだよ。それじゃ、頑張ってね。コーカス様とトーカス様も、気を付けて」

「うむ」

「行ってくる」

「行ってきます」

「はい、いってらっしゃい！」

シエラは、スミレたちを見送ると、次の冒険者の受付を始め、残業をしないで済むよう、せっせと仕事に励んだ。


「ふむ、スミレは今、十二歳なのか」

「はい。もうそろそろで十三歳になります。十五歳になったら、教会を出て、一人で生活をしていかないといけないので、一日も早く、冒険者として自立できるようになりたいんです」

「偉いな。そんな小さなうちから」

森に向かう道すがら、コーカスとトーカスは、スミレの身の上話をあれこれ聞いていた。

森まで大人の足で大体一時間程度、子供の足でだと、その倍程度かかるが、スミレはコーカス達と一緒に、トレーニングの一環として、森まで軽くランニングしながら向かっていた。

「しかし、息も乱れず、会話もしながらこの距離を進めるとは、中々やるではないか」

コーカスが言うと、スミレは少し照れくさそうに、ありがとうございます、と答えた。

「私、ラビット族なので、普通の人族の子供に比べれば、体力はあるから」

「いや、それにしても、これだけの時間、走り続けて息も上がってねーじゃん。同じくらいの年の奴らに比べたら、見込みあるって」

トーカスに言われて、スミレは顔を赤くする。

「いつか、森に行く日のためにって、毎日走り込みとか、トレーニングは自己流ですが頑張ってたんです。その甲斐があったのかな」

「うむ。努力が必ず報われる、などとは言わんが、努力をしなければ、そもそも、スタートラインにすら立つことができぬからな」

「今後も、続けろよ」

「はい」

スミレが頷くと、コーカスがペースを落とした。

「ふむ、森が見えてきたな」

木々が生い茂る森。入り口のあたりはまだましだが、奥の方は光がところどころしか差し込んでいないため、少し薄暗く感じる。

目の前までやってくると、森の木はとても大きく、スミレははぁ、と上の方を見上げた。

(やっと、ここまでこれた)

毎日街から少し外れた場所にある草原で、薬草を採取する日々。その傍の道を通って森へと向かう冒険者たち。彼らを見るたび、羨ましくて、羨ましくて。何度も自分も森に入ってみたくなって、近くまで来たことがあったが、そのたびに、まだ、自分には早い、と言い聞かせ、必死で中に入るのを踏みとどまった。

同じ時期に冒険者になった子達の中でも、もうすでに森に入っている子達もいた。何度か声をかけて、一緒に行きたい、と言ってみたかったが、内気なスミレはその一歩を踏み出す勇気が出せず、結局、彼らを羨望の眼差しで見送っていた。

(目標にしていた、防具を買うお金も貯めれたんだ。次の目標に。討伐依頼を受けるっていう目標を、今度は達成してみせるんだ！)

ぐっと手を握り締め、目の前の森を見据える。

「準備はいいか？」

「はい！」

スミレは気合を入れ、腰に掛けている短剣に手をかけ、ふぅ、と息をつくと、森へと歩を進めた。

「いいか、森の中は平原と違って視界が悪い。もちろん、三百六十度、前後左右を同時にすべて見ることもできん。だから、まずは、索敵スキルのレベルを上げることが大事だ」

コーカスに指導を受けながら、スミレは森の中を歩いていた。

幸い、ラビット族であるスミレは、索敵のコツをコーカスに教えてもらうと、索敵スキルをすんなりと取得することができたので、今はそのレベルを上げるためのトレーニングの仕方と、常時展開のコツを教わっていた。

「常時展開って、すごく難しいし、疲れるんですね……」

索敵を行うということは、その分、様々な情報を自分の中に取り込むということで、それを常時展開するには、相応の集中力が必要だった。スキルを取得したばかりのスミレには、目の前の情報以外のものを取り込み、それらの情報を整理・認識するというのはなかなか難しく、集中力を持続させることは、かなりの気力を使った。

「だが、このスキルは冒険者として上を目指すなら必ず必要になる。しばらく、ソロで活動するならなおのことだ。……む」

「あ」

コーカスが立ち止まる。スミレも立ち止まり、目を凝らすと、少し先に、ウッドアントと呼ばれる、森の木を根城としているアリ型の魔物を見つけた。

「ちょうどいい。向こうはこちらにまだ気づいておらん。気配を絶ち、後ろから奴を仕留めてみろ」

「はい」

スミレは短剣を構えると、音を立てないよう細心の注意を払いながら近づく。

(……あと少し)

射程距離内まで近づけたスミレは、一気に距離を詰め、短剣をシュッと横に薙ぐ。すると、ウッドアントは声を上げることなく、そのまま頭と胴体が切り離され、ぼとり、と音を立てて地面に落ちた。

「や、やった！　やりました‼」

初めての討伐に、スミレは少し興奮気味にコーカスを見る。

「うむ。なかなか良かったぞ？」

コーカスが言うと、スミレは嬉しそうに、ありがとうございます！　と答えた。

「そやつの魔石は、確か腹のあたりだったか。解体して、魔石を取り出すといい」

「はい！」

解体用に購入したナイフを取り出すと、スミレはロイに教わった手順を思い出しながら丁寧に解体を行っていく。

(ウッドアントは、確か、魔石の他にも、手の鎌の部分が素材として売れたはず)

解体の感触に、若干の気持ち悪さと苦手意識を覚えつつも、これも、一人前の冒険者になるためだ、と自分自身に言い聞かせながら必死に進めていく。

「で、できた!」

小さな親指ほどの魔石と、両手の鎌を、付いた血を拭ってバッグにしまう。

(やった、やった……!)

初めての討伐に、小さく震える。

「よくやった。初めてにしては上出来だ。剥ぎ取りも、丁寧に行えている。これなら回数を重ねれば問題ないだろう」

コーカスに褒められ、スミレは満面の笑みを浮かべながら、はい! と元気よく返事をした。

「だいぶ慣れてきたようだな」

「はい、師匠!」

いつの間にか、コーカスのことを師匠と呼ぶようになったスミレ。初討伐後も、数匹のウッドアントを見つけ、それらの討伐を難なく成功させていった。魔石と鎌を複数手に入れたスミレは、自信もつき、ご機嫌だった。

「あ！　気付けタケ！　すみません、あれ、採取してもいいですか？」

「うむ、スミレの好きなようにするといい」

「ありがとうございます！　ちょっととってきます！」

気付けタケは気付け薬の素材の一つで、これ一つで銅貨五十枚になる。スミレはさっそく、気付けタケを木からもぎ取っていくと、それらをバッグへと入れる。

（やった！　気付けタケが四つも採れた！　初めての森の探索なのに、採取までできるなんて！ついてる!!）

思わず顔がほころぶスミレ。

「おい、スミレ！」

「え？」

それと同時に、トーカスがスミレの背中をドン、と押してきた。思わずバランスを崩し、地面に倒れ込む。それと同時に、シュッと白い糸のようなものが木に向かって伸びたのが見えた。

「ぼーっとするな！　ここは森の中だぞ！」

トーカスに言われてハッとする。

「フォレストスパイダー……！」

森に生息する魔物の一種で、討伐推奨ランクはFランク。初心者冒険者向けと言われる魔物で、大した攻撃力はないが、吐き出す糸に捕まると、一人では抜け出せなくなるため、ソロの場合は注意が必要な魔物である。

慌てて起き上がり、腰に下げていた短剣を手に取り構える。

（大丈夫、大丈夫！）

大きな音でバクバクと脈打つ心臓。スミレは必死に、自分を落ち着かせようとする。

「はぁ！」

足の裏に思い切り力を込め、一気に距離を詰める。

（ここだ！）

射程距離に入るまではほんの一瞬で、構えていた短剣を大きく振りかぶって切りつけた。だが、フォレストスパイダーはバックステップでそれをかわし、糸をスミレに向かって吐きつける。

「しまっ！」

フォレストスパイダーの吐いた糸が、スミレの短剣をとらえる。

「は、なれな……！」

フォレストスパイダーは吐いた糸をシュルシュルと一気に巻き取る。その力は想像以上に強く、スミレはそのまま、短剣を奪われてしまう。

（ど、どうしよう、武器がっ！　どうすれば……！）

焦りで目の前が真っ白になるスミレは、一瞬、動きが止まる。フォレストスパイダーはその隙を見逃さず、スミレに飛び掛かった。

「ケエー!!!!!!」

コーカスは雄たけびを上げるとともに、羽を硬質化させ、思いきり水平に薙ぎ、真空の刃を飛ばした。その刃は、そのままフォレストスパイダーを真っ二つにして霧散する。

フォレストスパイダーの血が、スミレの顔に当たり、そのままべちゃっと切り離された体は、地面に落ちた。

「スミレ！　しっかりせんか！」

バシン！　とコーカスに頭を叩かれ、スミレはハッと、我にかえる。

「わ、わた、し……」

生温い何かがあたった頬を、そっと手で撫でる。ぬるりとした感触。手を見ると、そこには緑色の液体がついていた。フォレストスパイダーの血だ。

「何をぼーっとしておるのだ！　そんな状態では、また、同じ事を繰り返すぞ⁉」

コーカスの言葉に、スミレは顔を上げた。

「索敵を常時展開できるようになれば、今のような不意打ちを防ぐことができる。常時展開ができぬのなら、行動を起こす前に、忘れずに索敵をしろ。たったの数度、不意打ちで魔物を狩ることができたからといって、簡単に気を緩めるんじゃない！」

その言葉に、スミレは思わず口をキュッと結ぶ。

（師匠の言う通りだ。初めての森なのに、最初、うまくいったからって、私、調子にのってた）

コーカス達がいなければ、きっとフォレストスパイダーの餌になっていただろう。奇跡的になんとか逃げ出せたとしても、大怪我を負っていた可能性が高い。

「すみま、せん」

スミレが呟くと、コーカスは、謝る必要はない、とぶっきらぼうに答えた。

「ここで気を抜くということは、命がなくなってもいいと言うようなものだ。スミレは、自分の事を、いつ死んでもいいと思っているのか?」

聞かれて、ふるふると顔を横に振る。

「ならば、気を抜くな。少なくとも、ソロで森に入っている間は、油断するな」

「はい!」

目に浮かんだ涙を、必死でグッと堪え、ゴシゴシと流れる前に拭い去るスミレ。

「次がある事に感謝し、気を引き締めます!」

「うむ、そのいきだ」

コーカスはバサバサッと翼を動かした。


「さて、と。今日が締め切りでまだ報告に来てないのは一組だけか……あ、おかえりなさい、スミレちゃん。初めての森の探索はどうだった?」

ギルドに入ってきた少女と二羽の鶏を見つけたシエラは、にっこりと笑って声をかけた。

戻ってきたスミレは、魔獣の血の跡と思われるシミが防具についており、全身ドロドロの状態で、見た目にも疲労がうかがえるほど、疲れた様子だった。

「ただいま、戻りました……」

言葉を発するのも一苦労、といった感じのスミレに、シエラは苦笑いしながら、これどうぞ、と、机に置いてあった小瓶から飴玉を一つ取り出して渡した。

「ありがとうございまふ」

口の中にすぐに放り込むと、カロカロと飴玉を転がして舐めた。

「少し、回復できた気がします」

少しだけ表情を緩ませながら言ったスミレの言葉に、シエラはよかった、と頷く。

「師匠のおかげで、冒険者として必要なスキルの使い方や、鍛錬の仕方。討伐に対する心構えに、実戦での注意すべき点等々……すごく勉強になりました」

「そっか、それは何よりです（って、師匠ってなに？）」

キラキラと目を輝かせながら語るスミレに、一体何があったのだろうか、と、一抹の不安を覚えるシエラ。だが、スミレの様子を見るに、コーカス指導の実戦訓練は悪くなかったようだ。

「あ、そうだ。これ、査定をお願いしたいんですが」

スミレがバッグから魔石や素材をカウンターに置いていく。その内容を見て、シエラは少し驚いた。

「これ、は……もしかして、ウッドアントとフォレストスパイダーを討伐してきたの？」

初めての森の探索だったので、てっきり、ラージマウスあたりで索敵と討伐の訓練を行うのだと思っていたシエラは、買取が可能な魔石を含めた素材を持ち込まれると思っていなかったので驚いた。

「別に驚くことはなかろう。所詮、小物だ」

「いやいやいや、だってスミレちゃん、私の記憶違いじゃなければ、初めての実戦……だったよね？」

もしかして、過去に狩りとかしたことがあったっけ？　と思わず疑問形でスミレに問いかけるシエラに、スミレはフルフルと頭を振って否定した。

「だよね？　てっきり、ラージマウスあたりから始めると思ってたから、ちょっとびっくりしたよ」

シエラの言葉に、ケケッとトーカスが小さく笑った。

「ラージマウスなんて狩ってどうすんだよ。ただの動物だろ？　あんなの」

「いや、最初はそんなもんじゃないの？　いくら討伐推奨ランクがFの魔物とはいえ、買取可能な魔石が剥ぎ取りできる魔物だよ？　ソロでいきなりっていうのは、ちょっとさすがに想定してなかった」

カウンターに置かれた素材の数を数えながらシエラは続ける。

「それにこの量。結構大変だったんじゃない？」

魔物の素材は、ウッドアントの魔石が八個に鎌が三本。フォレストスパイダーの魔石が三個に、顎が六個。おまけに、糸袋も一つ。その他にも、気付けタケが七個もあった。

「確かに師匠はスパルタだったから……でも、初めての森で、少し怖いこともあったけど、でも、とっても勉強になったんです！　これからも、時間があるときは是非、指導をお願いします！」

「うむ。スミレは見込みがあるからな。努力を怠らぬ、というのであれば、見てやろう」

「ありがとうございます！」

鶏と少女が熱く手と手（？）を握り合う。なんてシュールな、と思わず突っ込みそうになるのをぐっとこらえて、シエラは引き出しから銀貨と銅貨を取り出した。

「それじゃスミレちゃん。ウッドアントの魔石が一個につき銅貨五十枚、鎌は一本につき銀貨一枚。フォレストスパイダーの魔石は一個につき銀貨一枚、顎は一個につき銅貨八十枚、糸袋は一個につき銀貨五枚です。気付けタケは一本で銅貨五十枚なので合計で銀貨二十三枚と銅貨三十枚になります。が、残念だけど、持ち込んでくれた鎌六本のうち二本に傷が入ってしまっているので、これがマイナス査定になって、二本分で銅貨三十枚、買取額が減ります。それと、糸袋も、真ん中のあたりに大きめの切り傷が入ってしまっているので残念だけど、これもマイナス査定で銀貨一枚減ります。なので、合計で銀貨二十二枚になります。よろしいですか？」

ゆっくりと内訳を説明していき、最終の買取金額を提示すると、スミレは大きく目を見開いた。

「そ、そんなにあるんですか⁉」

その反応に、シエラは苦笑した。

「ただいま！」

「あぁ、おかえり、スミレ。今日はどう……」

「シスター、ごめんなさい！　今日は疲れたので、もう休みます！」

「え？　あ、スミレ⁉」

教会に帰ると、スミレは会話もそこそこに、自分の部屋へと駆け込んだ。

シエラから受け取ったお金が入った袋を、机の上にぽん、と置き、ベッドへと倒れ込んだ。

（あぁ、今日はいろいろあったから、水浴びしておかないと。でも、疲れたし、明日の朝にしよう

かな)

そんなことを考えながら、ちらりと机の上の袋に目をやる。

(夢みたい……この間、やっと、銀貨一枚分を一日で稼げるようになったところだったのに。今日、たった一日で、銀貨二十二枚も稼いじゃうなんて)

思わずベッドで足をばたつかせてしまう。

「まずは頑張って、師匠に教えてもらった通り、スキルアップのために訓練しつつ、確実に魔物を仕留められるようにならないと。教会にいられる期間も決まってるし、できるだけたくさん稼いで、お金を貯めて、一人でも暮らしていけるようにならなくちゃ」

決意を新たに、スミレはそのまま、すぅっと眠りについた。


こっそりと寮に戻ってきたシエラは、部屋着に着替えて、帰りに買った串焼き肉をテーブルに置き、コーカス達にもマイスを含む野菜盛りを差し出した。

「スミレちゃん、顔つきが今日一日ですごく頼もしくなってたけど……無茶なこと、させてないでしょうね?」

「無茶なことなどさせておらんわ。スミレも、充実した日だったと言っておっただろうが」

「それはそうなんだけど……」

コーカス達をスミレに付けたのは、ソロで森に入ったときに、万が一、命を落とすことがないように、という保険の意味合いが大きかった。

冒険者は自己責任、というギルドの方針からしてみれば、今回の対応はかなり過保護《やりすぎ》な事案ではある。ジェルマにばれたら、一、二時間くらいは軽く説教されていただろう。

「やっぱり、小さな子が冒険者になって、命を落とすのを見るのは辛いから」

「急になんだ。というか、そうならないようにするために、鍛えるのだろうが」

コーカスの言うことに、ごもっともです、とシエラは苦笑した。

「すべての冒険者を、シエラがつきっきりで育てることなんてできねーだろ？　俺や父上を信用しろよ」

「あはは、トーカス様の言う通りだね。うん、そうだね、そうさせてもらいます」

冒険者は自己責任。

ならば私は。

受付嬢として、彼らが日々を生き抜くことができるよう、精いっぱいサポートをしよう。

「あー、なんか柄にもないことで悩んだせいでおなかすいちゃった。さっさと食べて、早く寝ようっと。明日も早いし」

シエラはパンパン、と顔を軽くたたくと、残っていた串焼き肉を一気に頬張り、喉を詰まらせかけて、コーカス達に笑われた。

呼び出しっていくつになっても嫌ですよね

「え、もう一度いいですか？」

朝の受付ラッシュが終わったところでジェルマの執務室に呼ばれたシエラは、物凄く嫌そうな顔をしながら言った。

「だから、領主様《クロード》がお前のことをお呼びだ。十三時に屋敷に来い、ということだ」

「いや、だから、なんで領主様が私を呼び出すんですか。呼び出すって言うなら、ジェルマさんの方じゃないんですか？」

モルトの領主であるクロードとジェルマは幼馴染で、今でもよく一緒に飲む仲であることは、モルト内では有名だ。

「……お前が今申請上げてる件で、話があるんだとよ」

「は？」

思いきり顔をしかめる。

「普段なら、各ギルドマスターの承認だけで済むんだが、今、エディ・ボルトン卿がこっちに来てんだよ」

「え……え？　ボルトンって今、言いました⁉」

「そうだよ、そのボルトンだよ。ボルトン公爵家のご長男の、エディ・ボルトン卿だよ」

シエラは膝から崩れ落ちた。

「え、なに、王族が来てるから、書類審査が厳しくなってるとか？　いや、でも、テイム済みですよ？　問題なくないですか？」

あまりコッカトリスのような高ランクの魔獣をテイムしている人というのはいないのだが、存在しないわけでもないし、それに、王族がいる王都にだって、高ランクの魔獣をテイムしている冒険者がいるじゃないですか、と、一縷の望みにかけて、抗議するシエラ。しかし。

「お前、申請書に書いてあったあの内容で、通るわけないだろ」

言われて、書類に書いた内容を思い出す。

（……そういえば、経緯は森で出会ってマイスでテイムした、脅威なし。って書いたっけ）

ジェルマは経緯を知っていたし、所属しているギルドマスターが承認をおろせば、あとは機械的に他ギルドに回されて、各ギルドマスターが承認署名をして終わるようなものなので、逆に細かく書いて変に突っ込まれるよりは、と簡単・簡潔な内容にしたことを思い出す。

「第四ギルドにちょうど書類が回ったときに、ボルトン卿がちょうど到着したところだったらしくてな。第四のギルドマスター《ジェシカ》の執務机の一番上にあったお前の申請書類がたまたま目に入ったらしく、呼んで説明させろって話になったんだとよ」

ジェルマの言葉に頭痛を覚える。

「嘘でしょ、なんでそんなタイミングで……運が悪いなんてもんじゃ……ん？　ちょっと待ってく

ださい。その話でいけば、それ、説明させろって言ってるのって」

「お祭しの通り、ボルトン卿、ご本人のご指名だよ。ぶっちゃけ、ボルトン卿にあの書類見られてなければ、そのまま気づかれずに承認されてた可能性が高いが、たまたま見られちまった上に、その書類にはコッカトリスと書かれてたんだ。しかも、マイスでテイムとか、どういうことだってな。それがクロードの耳にも入っちまったもんだから、それなら一緒に説明を聞こうってことで、今日、十三時に急遽呼び出されたってわけだ」

この世の終わりのような悲愴感にあふれた表情のシエラに、ジェルマは若干の同情を覚える。

「まぁ……ここはひとつ、諦めて行ってこい。そうそう、もうそろそろ迎えの馬車が来るから、それに乗っていけばいい。良かったな、徒歩じゃなくて」

「も、もうちょっとマシな慰め方ってもんがあるんじゃないですかねぇ⁉⁉」

やり場のない怒りに、シエラはジェルマに八つ当たりをする。

「あのー。お取込み中にすいませんが、シエラの迎えが……」

そういって、執務室に現れたのはルーだった。

「あぁ、悪い悪い、シエラ、ほら、諦めて行ってこい」

「いやぁー！！！！」

シエラは今日一番大きな声で叫んだ。

モルトの領主を務められている、エルグラッド侯爵邸の前に到着した馬車は、ゆっくりと玄関先で停まった。

「どうぞ、足元にお気をつけください」

「……ありがとうございます」

馬車から降りると、見覚えのある顔が、シエラを出迎えた。

「ようこそおいでくださいました。モルト第一ギルド受付嬢、シエラ様ですね？　私、侯爵家の執事を務めさせていただいております、スティーブと申します」

丁寧なお辞儀とあいさつに、シエラも慌てて頭を下げる。

「それでは、客室へご案内させていただきます。こちらへ」

にこりと笑って、スティーブが歩き出す。シエラはそのあとに続いた。

（……た、高そうなものが大量にある……。トーカスは置いてきて正解だったわ……）

シエラの騎士としてついて行くのだ、と、言ってきかないトーカスに、必殺技《マイス》で何とかギルドに留守番させることに成功したのを思い出す。

（あいつらが来て、もしここの装飾品を壊したり、傷つけたりなんかしたら……）

想像しただけで恐ろしい、と、ブルっと体を震わせた。

「こちらで少々、お待ちください」

通された部屋に入り、シエラはわかりました、と小さく答えて頭を下げた。

パタン、と扉が閉まるのを確認すると、はぁ、と特大のため息をつき、そのままソファーへと座り込んだ。

「ちょ、うっそ。なにこれ⁉　こんなにふっかふかのソファーが存在するの⁉」

ソファーの座り心地に、驚くシエラ。ふっかふかで若干沈み込むものの、適度な硬さがあり、立ち上がる時の負担が全くない。これがギルドの椅子に導入されれば、一日中座って仕事をしても辛くないのでは⁉　と思わず両手をソファーに押し当てて、その弾力を楽しんだ。

「あぁ……絶対に高い、これ。下手したら、一生こんないいソファーに座ることなんてないわ。あぁ、ギルドの椅子にも是非、導入してほしい……」

シエラがうっとりしていると、コンコン、とドアをノックする音がした。

「は、はい！」

「シエラ様、お待たせいたしました」

慌てて立ち上がるシエラ。扉が開き、先ほど案内してくれたスティーブと、二人の男性の姿がそこにあった。

「やぁ、初めまして、シエラ嬢。私はクロード・エルグラッド。ジェルマの友人だ。そしてこちらは」

金髪に少し青い瞳の、ジェルマより明らかに年の若い青年が名乗る。

「私はエディ・ボルトンだ。ところで……君が例の申請書を上げたシエラなのか？」

クロードの隣にいた、赤毛に金色の瞳をした、シエラと同い年くらいの青年が続いて自己紹介をする。二人に向かって、シエラはとりあえず、頭を下げ、シエラと申します、と、自己紹介をした。

「例の報告書、というのは、寮でペットを飼いたい、という申請書類のことでよろしいですか？」

聞くと、そうそう、とクロードは笑顔で頷いた。

「あぁ、すまない、どうぞ座ってくれ。エディ様もどうぞこちらへ」

彼は全員が立ったままなことに気づき、ソファーへ促す。シエラは二人が座るのを確認して、自分も向かい合って座った。

「そうだね、まず、今回の申請の内容なんだが、コッカトリスを二羽飼いたい、ということだったが。間違いなく、コッカトリスなのかい？」

言われてシエラは、はい、と真顔で頷いた。

普通、ペットに討伐推奨ランクBランクの魔物を飼いたいと言われたら、誰だって何言ってんだこいつ？　となることに、シエラは気づいていなかった。実際、何か問題が？　という表情のシエラを見て、若干クロード達は、申請内容は本気だったのか、と内心で驚く。

「二羽とも、言葉を喋りますので、意思の疎通も可能です。もちろん、テイム契約も完了しております」

「そう、それもだ。書類にマイスでテイムした、とあったが、どういうことだ？　そんな話、聞いたことないぞ？」

シエラのぶっ飛び申請内容もだが、さらに書かれている内容もおかしすぎるだろう、とエディが身を乗り出して口を挟んでくる。

シエラは、デスヨネー、と心の中で呟きながら、乾いた笑みを漏らした。

「先日、第一ギルド所属の冒険者が、コッカトリスの卵をビッグ・ドードーの卵と勘違いして巣から持ち帰ってきてしまいまして」

「なに？」

シエラの言葉に、そんな馬鹿がいるのか？　と、エディの眉がピクリと上がる。

「どうも持ち帰ってきたのが遅い時間だったので、パーティーメンバー全員気づいてなかったみたいです。残念ながら、メンバーの方に鑑定持ちもいませんでしたので」

エディの表情から、まぁ思うよね、それ。と思って、一応補足を入れる。

「そういうわけで、ギルドマスターのジェルマと、当該冒険者の担当受付嬢である私の二名で、コッカトリスの卵を返しに行き、条件付きではありましたが、何とか怒りは収まりまして。その後も、ゴブリンの集落の殲滅等々で縁もあり、卵の主であったコッカトリスと、無事に孵化して生まれたコッカトリスの二羽が、現在、私とテイム契約を結んでいる、という状態です」

「……なんなんだその奇妙な縁は」

そういわれてもなーと、シエラは苦笑いを浮かべる。

「ところで、どうやってテイム契約をしたんだい？　確認したが、君はテイムのスキルは確か、保有していないはずだろう？」

（やっぱりそこ、聞かれますよねー……）

「な、それでテイム契約などで、できるはずがないだろう！」

クロードの言葉に驚くエディ。

シエラは腹をくくり、ふぅ、と息を吐くと、真剣な顔で答える。

「ですので、それについては申請書に記載した通りです。マイスを与えたところ、コッカトリスから、マイスを餌として提供する代わりに、契約を結んでやる、ということで、テイム契約を行われました」

『は？』

ぽかんとなる二人に、シエラは心の中で泣き叫ぶ。

（わかってるわよ、そんな顔になることくらい！　ていうか、私の言ってることが相当おかしいってことだってわかってますとも!!　だから、説明したくなかったのにー！）

「通常、魔獣と契約を行うためには、契約者である人間に、テイムのスキルがなければ契約を行うこと自体出来ません。ですが、彼らによると、こちら側のスキルの有無や意思に関係なく、あちら側がテイム契約、要は、主従関係に関して納得したうえで仕えることを承認しさえすれば、テイム契約ができるそうでして。その結果、私は現在、その二羽と契約を結んでいる状態となっております。これが、その証拠です」

シエラはそう言って、自身のスキルボードを二人に提示した。

そこには、従魔の欄ができていて、コッカトリス（コーカス）、コッカトリス（トーカス）と記されていた。

「ちなみに、こちらが私の保有スキル内容です。見られて困るようなものでもないので、どうぞお確かめください」

そういって、スキルボードの表示をオンに切り替えて、二人に見せる。

鑑定Ｌｖ十

真贋《しんがん》Ｌｖ十
複写Ｌｖ十
マッピングＬｖ八
千里眼Ｌｖ五
索敵Ｌｖ八
隠密Ｌｖ三
「残念ながら、テイムのスキルは相変わらず保有していないので、他に従魔を増やす、ということはできませんが、二羽の保護者（？）ではありますので、ちゃんと迷惑をおかけしないように気をつけます。なので、どうか寮で二羽を飼うことを承認していただけ」
「おいおい、お前、ほんとにギルドの受付嬢なのか!?」
人が喋ってるところを遮るとか、なんだおい、と思わずシエラは顔をしかめた。
「受付嬢ですよ？」
それが何か？　と言わんばかりのシエラに対し、エディは思わず目を見開いた。
「おま、だっ……だって、お前、まだ十九なんだろう!?　なのに、鑑定と真贋のレベルがマックスだと!?　千里眼にマッピングに索敵まで高レベル、おまけに、隠密スキルまで持ってるとか、どういうことだよ！」
ビシっとスキル欄を指さして聞いてくるエディに、シエラはきょとんとする。
「……え？　いや、どれも受付嬢として仕事してたら身に付いただけのスキルですよ？」

てっきり、テイムのスキルが記載されていないことを言っているのだと思ったのに、まさか保有スキルのことを指していたのだとは思わなかったシエラは、首を傾げた。

「十二歳で成人の儀を迎えてすぐに、近所の町のギルドで働き始めたので、もうかれこれ七年になりますから、そのくらいのスキルレベルになっててもおかしくないのでは？」

「いやいやいや、にしたって、索敵や千里眼は普通、スキル取得しないだろう」

ギルドの中にいるだけであれば、そうそう取得するスキルではない。

もし、もともと持っていたとしても、スキルレベルが異様に高すぎるのだが、そのことにシエラは全く気づいていなかった。

「あぁ、そのスキルですか。元々、モルトに異動する前にいたギルドは小さなギルドだったので、初心者講習をはじめとした座学・実技講習関連の講師や、町の困りごとの解決も業務内容に含まれてたからだと思います。正直、冒険者の依頼受注がなければ、代わりに依頼をこなしたりもしてたので、気づけばそれぞれのスキルが身についてたって感じですね。あぁ、でも、隠密に関しては、モルトに来てからです。ジェルマさん、早く帰れそうなときに限って飲みに誘ってくるので、見つからないようにしてたら、自然と身についてたんですよね」

ケラケラと笑うシエラに、二人は絶句した。

「さ、さすがはジェルマの所の受付嬢ですね」

クロードが苦笑する。

「おい、クロード。そんな一言で済ませられるもんじゃないだろ」

あきれた顔をするエディに、そうですか？　とクロードは言う。

「シエラ嬢」

「シエラ、で結構です」

にっこりと微笑むクロードに、シエラもお仕事スマイルで返す。

「では、シエラ。君のテイムしている従魔二羽を、寮で飼うことを承認するよう、第四ギルドへ通達しておこう」

その言葉に、シエラの表情が、ぱぁっと明るい笑顔に変わった。

「あ、ありがとうございます！」

（こ、これでこそこそ帰らずに済むー！　しかもしかも、マイスの調達も、寮の食堂でお願いができる!!　神様、ありがとー！）

今まで一度も祈ったこともない神に、シエラはお礼を言う。

「それでは、ご用件は以上ですよね？　私はこの辺で……」

「いやいや、ちょっと待て。お前のテイムしているコッカトリスが、本当に害がないか、俺が直々に確かめてやろう！」

エディの言葉に、シエラは思わず嫌そうな顔をする。

「シエラ？」

驚くクロードに、シエラは慌てて、お仕事スマイルを顔に張り付けた。

「いや、その、仕事が溜まってますので、ちょっとこれ以上は業務に支障をきたすというか、なんというか……」

一度ギルドに戻って、コッカトリス達を連れてまた戻って、なんてことをしてたら、仕事がどれだけ溜まってしまうかわからない。すでに、今のこの時間のせいで、確実に残業時間が増えているのだ。何が何でも断る選択肢しか、シエラは持ち合わせていなかった。

「ん？　あぁ、なんだ、そんなことか。俺もまだ、クロードに用があるし、少し、済ませておかないといけないことがあるからな。あとでそっちに行くから、お前はそれまでに仕事を片付けられるだろ？」

「は？」

エディの言葉に、シエラは思わず素で返す。

「何、夜にはそっちに行けるだろうからな。喋れる魔獣なんて、今まで遭遇したこともなかったし、会ってみたいんだ」

子供のようにキラキラとした眼差しを向けてくる彼に、シエラは思わず目が点になった。

「ほ、本気ですか……？」

「もちろんだ！」

（あ、あかん。これ、あかんやつや）

エディの反応に、シエラは、これは何を言っても聞かない顔だと悟る。

「……わかりました。では、ギルドでお待ちしております………」

特大のため息を隠すことなくつきながら答えるシエラに全く気づいていないエディは、ありがとう！　と手を握り、ぶんぶん、と振った。

コミュニケーションって大事ですよね

「シエラ！　仕事は終わったか⁉」

最後の報告依頼を受け終えて、書類のチェックをしながら報告書をまとめていると、キラキラわんこの瞳の青年が、カウンターにやってきた。

「……ボルトン卿、思ってたより遅かったですね……」

時刻は二十一時を回ったところだった。

後で来る、と言っていたが、いつまでたっても来ない（むしろ来なくていいと思っていた）ので、忘れたか、興味がなくなったのだろうと思い、このまま帰ろうと思っていたシエラは、心の中で大きく項垂れた。

「む？　もう少し早く来たほうが良かったか？　仕事が終わるのを待ったほうがいいとハルに言われて、暫く様子を見ていたんだが」

そう言って、エディは後ろに控えていた、銀髪ロングヘアの護衛と思しきお兄さんを見た。

「え？　あ、いえ。むしろ来な……いや、その、ちょうど仕事が終わったところでしたので、その点については、お気遣い感謝いたします」

正直に言えば、来ないでくれるのが一番ありがたかったんだけどね！　なんてことは、決して口にはしない。

「コーカス様とトーカス様に会いに来られたんですよね？」

「会い……な!?　か、か、勘違いするな！　俺は、コッカトリスが危なくないかを見極めるために来たんだ。決して、喋る魔獣が珍しいからとか、そういったことでは断じてない！」

顔を少し赤くしつつ否定するエディ。

「えぇ……？　だって、ご自分で仰ってたじゃないですか。喋れる魔獣に会ってみたいって」

「確かに言ってましたよ？　エディ様」

ニタニタと笑いながら、ハルが言う。

「ハル!?」

「いやいや、エディ。お前もう素直になれって。いっつも言ってたじゃねーか。動物とお話がしてみたいーって」

もう一人の短髪茶髪の、若干見た目が軽そうな護衛の男性が笑いながら言う。

シエラも、お話とかかわいいな！　と思わず笑いそうになるのをぐっと堪えた。

「おい、ニューク！　てめぇ！」

エディの顔が、まるで茹蛸のように真っ赤になる。

「……と、とりあえず、書類を片付けて着替えてきたいので、それまで、コーカス様とトーカス様と、お話、で、も、してくださいませ」

お話、と口にした瞬間、思わず笑いそうになるシエラ。声に出して笑わないよう、何とか踏みとどまれはしたが、変な喋り方になったせいで、ハルとニュークには、シエラが笑いかけていることに気づかれ、二人はケラケラと笑った。

「んん！　コーカス様、トーカス様。もうそろそろ、片付けるんで、起きてください」

いたたまれなくなったシエラは、何とか空気を換えようと、足元に置いてある箱の中で、スピスピと気持ちよさそうに眠っていた二人を起こす。

「なんだ、やっと仕事が終わったのか？　相変わらず遅いな」

「ふぁぁ……よく寝たぜ。……腹が減ったな。今日はどこで野菜盛りを食べるんだ？」

「……こいつら」

若干の苛立ちを覚え、シエラは二人をグイっとつかみ上げると、カウンターの上に移動させた。

「コーカス様、トーカス様。こちら、エディ・ボルトン卿です。お二人とお喋りしたいそうですので、私が着替えて戸締りしてくるまでの間、お話相手をしていてください」

「なに!?　なぜ我がそのようなことを」

「そうだそうだ！　俺らは別に話をする義理は」

「……働かざる者食うべからず。野菜盛りが今日も食べたいなら、つべこべ言わずに話し相手になってて！　いい!?」

「「……はい」」

シエラの勢いに負け、二人は諦めながら、エディ達の方を見る。

エディ達も思わずシエラの勢いに飲まれ、静かになぜか、はい、と呟いていた。

「……なぁ、シエラっていつもああなのか？」

シエラの姿が見えなくなったのを確認して、ぼそっと小さな声でエディが言う。

「……まぁ、そうだな。最初の頃はそうでもなかったはずなのだが……最近、我等の扱いが若干ひどい気がしないでもない」

コーカスがつつとエディの方に近づき、ひそひそと答える。

「俺らの方が絶対に強いはずなんだけどなー……なんでかシエラには勝てる気がしない」

トーカスが呟くと、コーカスは小さく頷いた。

「女はいつの時代でもこえーってことですかね？」

ニュークが呟くと、トーカスが思い出したように言う。

「この間も、ギルドマスターであるジェルマが、シエラにしこたま怒られてたな。確か、酒を飲んで遅刻するくらいなら、最初からギルドに泊まってろ、とかなんとか」

「え、ギルドマスターってことは上司でしょう？　すごいね、シエラちゃん」

ハルが感心したように言う。

「普段はそうでもないんだが……なぜか時々、シエラには頭が上がらなくなるのだ」

コーカスが唸る。

「最初の方こそ、俺らがコッカトリスだからって丁寧に扱ってくれてたけど……あぁ、そうだ。あいつの部屋で出された餌を食べ散らかしたとき、すっげー怒られたんだよなー。なんか、あれ以来、扱いが徐々に雑になってきてる気がする」

トーカスが言うと、コーカスが確かに、と頷いた。

「いや、食べ散らかすのはだめでしょう」

「何言ってんだ、ハル。コーカスもトーカスも、コッカトリスだぞ？　そもそも人間じゃないんだ。普通に考えて、これまで綺麗にとか、汚さずにとかって考えながら食べてるわけないだろ？」

エディが言うと、ハルはそうか、と苦笑した。

「コーカスもトーカスも、なんか人間みたいなんだよなー。なんか、気づいたら普通に喋ってるけど、全然違和感がねぇ」

ニュークが言うと、コーカスがふん、と鼻を鳴らした。

「我等を舐めるなよ？　そこらの魔物なんぞより、よっぽど知性が高いからな」

得意げに言うコーカスを見て、エディ達が笑う。

「そうだ、ちゃんと自己紹介ができてなかった。すまない。俺はエディ。エディ・ボルトンだ。エディと呼んでくれ。こっちは護衛のニュークとハルだ」

「「よろしく」」

「では、我等もきちんと自己紹介をしようか。我はコーカス。この辺りのコッカトリスの長だ。こっちは息子のトーカスだ、よろしくな」

「よろしくな」

和気あいあいと楽しそうにお喋りをしている三人と二羽。

「……え、ちょっと待って。この短時間で何があったの」

変な感じになってたらまずいと思い、大急ぎで書類の片付けと裏口の戸締りの確認をし、マッハで着替えを終えて戻ってきたシエラは、逆に彼らに声がかけられず、少しの間、その場に立ちすくんでいたのだった。


「はいよ、エールに野菜盛り、お待ちどう。それで、料理はどうする？」

「そうだな、料理は適当にお勧めを二、三品、とりあえず持ってきてくれ」

「はいよ！」

（ちょっと待て。なんでこうなった）

シエラは、エールを目の前に置かれて、ハッと意識を覚醒させる。

「それじゃ飲もうぜ！　カンパーイ！」

ニュークが音頭をとると、三人と二羽はガチャっとコップをぶつけ合った。

「……え、ちょっと待って。本当に、あの短時間で何があったの？　てか、なんでこんなに仲良くなってんの⁇」

混乱するシエラに、ハルがくすくすと笑いながらなんでだろうねと答えた。

ギルドで何とか声をかけたところまではよかったのだが、そのまま解散して寮に帰ろうと思っていたシエラは、エディが持っていた寮でコッカトリスを飼う承認証明書を盾に、そのまま近くの居酒屋へと連行されていた。

「それにしても、ボル……エディ様、妙に気安い感じになられましたね」

居酒屋につくまでの間に、シエラはエディに、ボルトン卿ではなく、エディと呼ぶように言われていたのを思い出し、慌てて訂正して言った。そんなシエラに、エディは苦笑しながら答える。

「もともと、堅っ苦しいのは苦手なんだ。それに、今回こっちに来てるのはお忍びだからな。正直なところ、様もつけないでもらえると助かるんだが」

エディの言葉に、シエラは顔を引きつらせる。

「私に、死ね、と仰るのですか？」

現国王の王弟に当たるショーン・ボルトン公爵の嫡男であるエディ・ボルトン。王位継承順位は低いが、立派な王位継承権を持っている。傍系とは言え、立派な王族の一員である。一般庶民のシエラが下手なことをすれば、不敬罪であっさり（物理的に）首が飛ぶことだってありうるのだ。

シエラの言葉に、ニュークが笑った。

「いやー、シエラは面白いな！　でもよ、そんなにこいつに気を遣わなくても大丈夫だぜ？」

ポンポンとエディの肩を叩くニュークに、シエラはジト目を向ける。

「……ニューク様は、もう少し、エディ様への態度を改められた方がいいかと思いますよ？　というか、私、不敬罪なんかで死にたくありません。それに、言うのであれば、それはエディ様のセリフでは？」

「そうだそうだ、もっと言ってやれ！　ニュークは俺の護衛なんだから、もう少し、俺のことをたててもいいと思うぞ！」

エディがシエラの肩を持つ。その様子に、ハルがククっと笑う。

「正直なところ、僕らは小さいころから一緒に育ってきたから、付き合いの長い人や、他に人がいないときはこうしてくだけた感じなんだよね。ただ、ニュークに関しては、時々、面倒な人の前でも素を出しちゃうことがあるから、困るんだけど」

「面倒なことだな、人の世と言うのは。まぁ、そんなことはどうでもいい。野菜盛り、追加だ」

ケプ、と小さくゲップをしつつ、空のお皿をコーカスが差し出してきた。

シエラは、はや！　と驚きつつ、近くを通った店のおばちゃんに、お代わりをお願いする。

「そういえば、シエラがコーカス達をマイスでテイムした、と言ってたんだが、本当なのか？」

エディが聞くと、トーカスがそんなわけないだろう！　と怒った。

「あ、やっぱりそうだよな？　それじゃどうやっ」

「俺は、シエラの騎士だからな！　傍にいる必要があるから、契約してやったんだよ」

「「「は？」」」

食い気味に答えたトーカスに、男性陣は意味がわからず思わず大きな声を出す。シエラは机に突っ伏した。

「ちょちょ。と、トーカス、さん??」

急に何言いだすんだ、と思ったら、うっとりとした瞳で、トーカスは続けた。

「シエラは俺が一人前のコッカトリスに成長するための経験値《ゴブリン》を持ってきてくれたんだ。おかげで俺は、一晩で物凄く成長し、父上と同じように、言葉を操れるまでに成長した。恩人であるシエラのために、俺は、シエラの騎士になると誓ったんだ！」

「……いやいやいや、そもそも、報酬のマイスを自分で見たい（選びたい）けど、街中でテイムされてない状態じゃうろつけないからっていう理由だったでしょうが。なに、美談みたいな感じで語ってるのよ」

呆れ顔のシエラに、トーカスはむっとする。

「何を言っている。俺は言っただろうが、シエラの騎士になる、と」

「……え？　いや、あれ……え？　冗談だったんじゃ……」

確かに、言っていたけれども、とシエラは首を振る。

「いや、あんな突然、意味わかんないこと言いだしたから、どうしたのかとは思ってたけど……え、まさか、本気だったの⁉」

驚いて目を丸くするシエラ。

「騎士として認められるまでの道のりは、まだまだ遠いようだな、トーカス」

目の前に置かれた新しい野菜盛りを優雅に食べながら、コーカスはココッと笑った。

それでも朝はやってくる

「おはよーって……なんか、今日は一段とひどい顔してない？　大丈夫？　ジェルマさんにでも捕まったの？」

何とか寝坊せずに起きることに成功したシエラだったが、寮の廊下で出合い頭にルーに心配されてしまった。

「おはよう、ルー。いや、ジェルマさんじゃないんだけどね……ちょっと、面倒なのに捕まったせいで、帰るのが遅くなったのよ……」

昨夜は、なかなか帰るといっても許可証を渡してくれないエディに痺れを切らし、とにかく、エディに酒を大量に飲ませて潰し、無理やり奪い取ってお開きにしたのが、日付が変わる直前のことだった。

次の日も仕事がある、と何度言っても話を聞かないエディ達に、お酒が入ってすっかり気分が良くなったコーカス達も、中々帰ろうとしなかったのが原因だった。

「そうそう、今日からコーカス達も一緒に食堂でご飯食べるようになるから、よろしくね」

エディの持っていた許可証を管理人に渡し、晴れて、堂々とコーカスとトーカスを連れて寮を出入りできるようになったシエラは、ルーにそのことを伝えた。

「あ、許可が無事に下りたの？　よかったね！」

「ほんと、よかったよー……あ。あとで、食堂のおばちゃんたちに、マイスとかの野菜を定期的に仕入れておいてもらえるようお願いしとかなくちゃ」

ルンルン気分のシエラに、ルーが苦笑する。

「とりあえず、顔洗ってそのひどい顔、何とかしてから来なさいよ？　スミレちゃんあたりが見たら、心配されるわよ？」

え、そこまでひどい顔してる？　とシエラはペタペタと自分の顔を触りながら、わかった、と答えると、顔を洗って部屋で身支度を整えた。

「さて！　出勤時間だよ！　朝食食べるなら起きて!!」

シエラがパンパン！　と手を叩いて二人を起こす。

だが。

「……今日はここで一日休んでいる」

「お、俺も……」

調子に乗って、お酒もガンガン飲んでいたコーカス達は、二日酔いにより、撃沈していた。

「なっ……!?」

布団に潜り込もうとしたコーカスとトーカスの首根っこをグイっとシエラは捕まえると、まるで般若のような顔で二人を睨みつけた。

「こっちは昨日、散々今日仕事だから帰りたいって言ってたのに、それを無視してどんちゃん騒ぎしてたくせに……なに二人だけゆっくりと休もうとしてるのかなぁ？　かなぁぁ??　んん??」

「「ひっ!!」」

シエラの圧に思わず悲鳴を上げる二人。

「今日は二人をギルドで雇用するための書類の作成も予定してるんだから、絶対に連れていくからね？　二日酔いごときで、仕事を休めると思ったら大間違いよ！」

そういうとシエラはぶんぶんと二人を大きくゆすった。

「や、やめ、吐く……！」

「わ、悪か、ごめ、や、やめてください……！」

懇願する二人に、シエラはふん、と鼻息荒く鳴らした。

「朝食は食べるの、食べないの、どっち？」

「か、軽めのものでお願いします」

「野菜盛で軽めってなに⁉」

思わずシエラは突っ込みつつも、二人を抱きかかえて食堂へと向かった。

承認をお願いします

「おい、シエラ。今、ちょっといいか？」

朝の受付ラッシュが終わり、書類の整理をしていると、ジェルマが手招きして声をかけてきた。

「はい、ちょうどいち段落付いたとこなんで大丈夫です。なんですか？」

なんだろう？　と思いつつ、控えの書類を机にしまってジェルマの方に行くと、ちょっとこい、と言って、執務室へとそのまま連れられた。

「コッカトリス達の講師申請の件で、第四ギルドから最終承認前の確認のために明日の十四時に会議するから来いってよ」

執務室に入ると、ジェルマは自身の椅子に腰かけながら言った。

「はい、わかりましたって……あれ？　講師申請、私まだ出してないですよね？」

先日のスミレの様子から、コーカス達を使えるのでは、と思い、ジェルマに相談はしたが、彼らを職員として採用してもらうための申請は、これから上げる予定にしていたので、まだ未申請のはずなのに、と首を傾げるシエラ。

「こないだ、スミレに付けてコッカトリスを外に出しただろ？」

「はい、この間お話しした通り、ちゃんとスミレちゃんには事前承認もらって、二人を護衛兼教官役としてお供させました」

対応した内容も手続き方法も、正規の方法に則ってきちんと行ったことなので、問題はなかったはず、と思ったシエラが答えると、ジェルマはため息を小さくついた。

「第四ギルド所属の奴に見られてたみたいでな。あれはなんだって、確認が入ったんだよ」

「え⁇　い、いやいや、傍目には見た目ちょっといい感じの鶏にしか見えませんよ？　よしんば、あの二人が魔物だってわかったとしても、スミレちゃんがテイムしてるようにしか見えなくないですか？　それを連れてるだけで、あれはなんだ、なんてならないと思うんですけど」

まさか、鶏連れて歩いている少女が珍しくて、鑑定したら、連れていたのがコッカトリスだとバレたのか？　とも思ったが、彼らが森に出てから、それなりに日が経っている。今更、シエラは一体、なんの確認が入ったのか、意味がわからず、首をさらに傾げた。

「森での様子を見た冒険者からの確認だそうだ」

「森での様子?」

スミレやコーカス達から、特に何か問題があったとは報告は受けていない。確かに、いきなり魔物を狩ってきていたことに驚きはしたが、所詮、Ｆランク推奨レベルの魔物だ。スミレが初めて森に入った、という事実を知らなければ、そこまで驚くことではない。

「その日な、第四ギルドの方でウッドアントが巣を広げているかもしれないってことで、冒険者に調査依頼を出していたそうだ。で、その結果、どうも、クイーンアントが生まれたことがわかった」

「げ、またですか?」

クイーンアントというのは、フォレストアントより二回りほど大きいサイズのフォレストアントのメスで、基本、フォレストアントの群れにつき、一体存在する。このクイーンアントが産卵によって、フォレストアントを増やしていくのだが、時々、クイーンアントの後継者となる個体を生み出すことがあり、その個体が育つと、クイーン同士が戦い、負けたほうは巣を出ていき、新たにコロニーを作る、という性質を持っている。

「確か、五か月くらい前に一度、巣を出て行ったクイーンを討伐したばかりじゃなかったでしたっけ?」

基本的に、クイーンが産み落とされる周期は約二、三年である、と一般的には言われている。だが、ここ数年、モルト近くの森では、一年に一度くらいのペースで、クイーンが生まれていることが確認されていて、その討伐対応は第一ギルドが請け負うことになるので、シエラは小さくため息をついた。

「ま、その話はまたあとでだ。で、話を戻すが、その調査に、魔物学者のバルディッドが冒険者と一緒に出てたそうなんだ」

「げ⁉」

ジェルマの口から出てきた魔物学者の名前に、シエラの表情が一気に青ざめる。

「お前も聞いたことくらいあるだろ？　バルディッド・ルーイェン。第四ギルド所属の魔物学者」

「魔物の生態解明にその生涯を捧げていて、その解明のためにはどんなことも厭《いと》わないって噂は聞いたことがあります……」

実際に面識はないのだが、バルディッドの噂話はちょこちょこ耳にしていたシエラ。

「その名前が出るってことは、まさか」

「その、まさかだよ」

ジェルマの言葉に、シエラは顔を両手で覆った。

彼の話の内容を要約すると、こういうことだった。

クイーンの存在を確認し、報告のために街に戻ろうとしていたところで、偶然、バルディッドがスミレたちを見かけた。そばにいる魔物がコッカトリス、それも、ユニーク個体だということに、魔物学者のバルディッドはすぐに気づき、少女が襲われるのではと思って駆けつけようとしたところ、少女と二匹が会話をしていることに気づく。一瞬、独り言かと思ったそうだが、明らかに会話をしており、しかもその内容が、スキルの使い方を二匹が少女に教えているようだった、とのこと。

危険がないことがわかった冒険者に、バルディッドはそのまま、街まで強制連行されたため、その後、少女たちのことがどうしても気になったため、調べていった結果、第一ギルド所属の冒険者であることを突き止め、話を聞きたい、と打診が入ったとのことだった。

「なんでこんなピンポイントのタイミングで……運が悪すぎる……」

そもそも、世間一般の認識として、テイムされた魔物は主である契約者に付き従う存在、というものだ。命令して、何かを手伝わせたりすることはあっても、間違っても、主に対して何かを教えたりするような、講師のような真似事はしない。

「だから最初はスミレに対しての打診だったんだがな。スミレを行かせるわけにいかないだろ?」

「そうですね、あくまでも、テイム契約を行っているのは、一応、私ってことになってますから。それに、スミレちゃんに連れて行ってもらうようお願いしたのはそもそも私です……」

ため息をつくシエラ。

「しかも今回の件、直接、ジェシーからこっちに連絡が入ったんだよ」

「え。ちょ、ま……じぇ、ジェシーってまさか、第四ギルドマスターのジェシカさんのことですか⁉」

「その、ジェシカさんだよ」

「ななな⁉　なんでギルドマスターが⁉」

第四ギルドのギルドマスターのジェシーとジェルマは、もとパーティーメンバーだったので、今でも仲は良い。だが、わざわざギルドマスターが出てくるような話ではないはずでは？　とシエラは混乱した。

「テイム委託証明書、あれを発行した理由を聞かれたんだよ」

「へ？」

「俺たちは、コーカス達の実力を知っているし、お前があいつらの手綱をきちんと握れてることも知ってる。マイスがあれば、危害も加えないこともわかっているし、話の通じる奴らであることも理解してる」

ジェルマの言葉に、シエラは頷く。

「はい、だから、今回スミレちゃんと二人を会わせたうえで、スミレちゃんには事前確認をしました」

「だが、はたから見たら、なんだかよくわからない、しかも高ランクの魔獣を、まだ新人で、森に入るのも初めての冒険者に付けて外に出す、なんてのは、ただの危険行為にしか見えない」

「えぇ……」

高ランクのちゃんとテイムされた魔獣だからこそ、逆に安全では、とシエラは思ったし、そもそもはたから見たら、ただの鶏は高ランク魔獣には見えないじゃない、とシエラは顔をしかめる。

「それに、コーカス達が何か問題を起こした場合、その責任は誰がとる？　見た目はただの鶏だが、バルディッドみたいに、あれがただの魔獣じゃないことに気づく人間だっている。もしかしたら、コーカス達を狙って、スミレに被害が及ぶかもしれない」

言われて、シエラはハッとなる。

普通に会話が成立するからうっかり忘れがちになるが、彼らはそもそも、魔獣であり、人ではないのだ。人の暮らす街で問題なく生活し、なまじ馴染んでいたせいで、彼らが人の定めたルールをちゃんと守るのだと、そんな保証はないにもかかわらず、勝手に思い込んでしまっていた。

それに、確かに彼らは高ランクの魔獣だ。そんじょそこらの冒険者や魔物に後れをとることはないだろう、だが、スミレは別だ。彼女は冒険者になって日が経っているとはいえ、森に入ったのはあの時が初めてだったのだ。何かトラブルがあった場合に、彼女自身が危なかったというリスク自体、もっと慎重に考えるべきだった、とシエラは猛省する。

「だが、ま。正直、うちのギルドは新人育成をする側の人材が不足していることも事実だ。冒険者の先輩から教われ、なんて言っても、その冒険者たちにも生活がある。中堅どころの奴らは上位に上がるために必死だし、上位の奴らは奴らで、指名依頼をこなさなきゃならないしで余裕がない。下位の奴らは人に教えられるような状態じゃないし、となったら、少しでも育ってもらうためにはギルド側としても、人材を補充・提供する必要があるが、いかんせん、都合よくそういうのに向いた人材がすぐに雇えるわけでもない。ならこの際、人でないことに目をつぶって、その問題が解決するなら、それに越したことはねーだろって思ってな。さっき言った問題は、コーカス達をうちのギルドの講師としてきちんと登録してさえいれば、身元の保証になるし、何か問題が起こったとしても、俺たちが責任を持ち、動くという証明になる」

「あ……」

責任の所在を明らかにしておくことは、存外大事であると、ギルドで仕事をしていてわかっていたはずなのに、今回はそこをはっきり明確化していくことができていなかった、ということに気づいたシエラは、ジェルマの言葉に、頭を下げた。

「すいませんでした。認識が甘すぎました……。スミレちゃんにも、迷惑をかけてしまうところでした」

シエラが言うと、それは俺じゃなく、スミレに言えよ？　とジェルマは手をひらひらさせながら言った。

「ま、お前の話を聞いたときに、すぐに申請するよう言ってなかった俺も悪かった。そろそろ、申請は上げるつもりだったんだろ？」

「はい、今日書類作成する予定でした」

シエラが言うと、ジェルマは一足遅かったな、と苦笑した。

「ま、今後は事前にちゃんと一言、俺にも相談してからにしろ。動く前に、な。何かあったときに、俺も動きやすい。報・連・相。基本だろ？」

「はい、肝に銘じます。ありがとうございます」

ジェルマの言葉に、シエラはもう一度深く頭を下げた。


「……シエラ？　何かあった？」

執務室から戻ってきたシエラは、一心不乱になって仕事をこなした。

あまりにも鬼気迫る様子のシエラに、心配になったルーが声をかけるが、シエラはそのことに全く気づかない。

（自分の甘さが嫌になる。リスクに関してはもちろん、考えてなかったわけじゃない。けど、ジェルマさんに突っ込まれたところは完全に抜けてた。冒険者として、死ぬかもしれないこと《討伐中のリスク》しか考えてなかった……！）

ジェルマの言葉を思い出し、思わず机にドン！　と突っ伏すシエラ。

ルーは突然のシエラの様子に思わずビクッと肩を震わせた。

「し、シエラぁー⁉」

声をかけるが、やはり反応はない。

（コーカス達がついてる以上、スミレちゃんが死ぬ確率は、限りなく低かった。でも、相手は魔物たちだけとは限らない。もし、悪人に遭遇したら？　わかりやすい盗賊なんかならまだしも、人のよさそうな顔して寄ってくる輩だっているんだ。そういうのに、万が一、スミレちゃんが騙されたりしたら？）

ガバっと勢いよく顔を上げる。

「きゃぁ！」

心配になったルーが、シエラに手を伸ばしたところだったので、思わずルーは叫び、そのまま尻もちをついた。

「ん？　ルー？　どうしたの、大丈夫？」

きょとんとした顔でルーを見るシエラ。はい、と伸ばした手をルーは見つめると、思いきりシエラを睨んだ。

「大丈夫って、それはこっちのセリフよ！　戻ってきたと思ったら昼休憩もとらずに仕事してるし、顔は怖いし。声かけても反応はないし」

「え？」

ルーに言われて、シエラは思わず壁にかかった時計を見て絶句する。

「う、うそ、もう十四時⁉」

「まさか、気づいてなかったの⁉」

立ち上がってパンパン、とスカートの埃を払っていたルーは、呆れ顔になる。

「もう、とっととお昼食べてきなさいよ！　もう少ししたら、報告に戻ってくるパーティーだっているだろうし。何があったのか知らないけど、ちゃんといつも通り、笑顔で接客できるようになんなさいよ！」

バシン、と背中を叩かれて、シエラは思わず痛い！　と叫ぶ。

「思い立ったら即行動、でしょ？　悩むなんて、シエラらしくないわよ！」

「ちょっと⁉　私だって悩んだりくらいするわよ⁉」

思わず反論するシエラに、ルーは苦笑した。

「言い返せるくらいの元気があるなら心配いらないわね？　この世の終わり、みたいな顔して何を悩んでるのかは知らないけど、まだ世界は滅んでなんかいないんだから。生きてたらいくらでも挽回できるし、何とかなるものよ？　ほら、まずはさっさとお昼ご飯食べてきなさい」

カウンターから追い出されたシエラは、一瞬、呆然とその場に立ち尽くすも、ルーなりに励ましてくれてるのかな？　と思い、ありがとう、とだけ言って、隣の食堂へと走っていった。

そんな様子のシエラを見て、少しはましな顔になったかな？　とルーは苦笑した。

「全く……普段は思い立ったらすぐ行動なくせに。それに、結果はどうだったとしても、決してそれを途中で投げ出すことなんてしないいんだから、悩むだけ時間がもったいないないわよ？」

いなくなったシエラに向かって、ルーは小さく呟いた。


時間が遅くなってしまったこともあり、シエラは食堂で簡単に食べられるおにぎりと野菜の盛り合わせを包んでもらうと、一度寮へと戻った。

「遅くなってごめん！　お昼ご飯、持ってきたよ」

自分の部屋に入ると、ベッドで寝ていたコーカス達が頭を上げて、シエラの方を見た。

本当は引きずってでもギルドに連れていくつもりだったのだが、朝、あの後、二人は即行でトイレにこもってしまったため、仕方なく、部屋でそのまま休ませることにしていたので、昼食を与えるため、戻ってきたのだった。

「少しは二日酔い、マシになった？」

机の上に買ってきた野菜の盛り合わせを置きながら聞くと、コーカスがだいぶマシになってきた、と答えながら、机の方に歩いてきた。

「あとちょっとってとこっぽいかな？　はい、これ。二日酔いに効く解毒ポーションの器に入れとくから、飲んでね？」

そういって、ドロリとした深緑色の怪しげな臭いを放つ液体を、小さめの器に流し込んで、野菜の盛り合わせの側に置いた。

「……し、シエラ？　このポーション、飲めるのか？」

不安げな声色で、トーカスが聞く。

「飲めるよ？　普通の解毒ポーションと違って、二日酔いの解消に特化したポーションだから、すっごくまずいけど」

そういってシエラはにっこりと笑った。

「明日には復活してもらわないと困るから、必ず飲んどいてね？　あ、あんまりこのままにしてたら、部屋の中が臭くなるから、早めに飲んでくれると助かる」

「「えぇ……」」

あはは、と笑うシエラにコーカスはため息混じりに、わかった、と頷き返した。

「今日、ゆっくりと休ませてくれたのだ、明日までには復活すると約束しよう」

二日酔いの話である。

「……まぁいいわ。とりあえず、よろしくね？」

そう言い残して、シエラは部屋を後にし、急いでギルドへと戻った。

ちょうどギルドに到着し、中に入ろうとしたところで、隣の食堂からスミレが出てくるのを見つけたシエラは、慌ててスミレに声をかけて駆け寄った。

「シエラさん！　こんにちわ。……あれ？　今日は師匠たちはいないんですか？」

「あぁー……うん。実はね、二日酔いで二人とも、今日は部屋で休んでるんだ」

シエラの言葉に、スミレは少し驚いた顔をする。

「コッカトリスでも二日酔いってなるんですね」

スミレの言葉に、シエラは苦笑した。

「そうだ、あの、ね？　スミレちゃん、今日、これからって時間、ちょっとあったりする？」

少し申し訳なさそうに聞くシエラに、スミレはきょとんとした表情で首を傾げる。

「これからですか？　私は何もないので大丈夫ですよ？」

「そっか、それじゃごめん、一緒にちょっと来てくれるかな？」

そう言って、シエラはスミレをギルドの会議室へと案内する。

「急にごめんね」

用意したお茶をスミレに出すと、シエラはスミレと向かい合うようにしてソファーに座った。

「いえ、全然気にしないでください。それより、どうしたんですか？」

少し、思いつめたような表情で、いつもと明らかに違う雰囲気のシエラが心配になったスミレが聞くと、シエラは立ち上がり、深々と頭を下げた。

「スミレちゃん、本当にごめんなさい」

「え？　え⁇」

突然の謝罪に、訳がわからず混乱するスミレ。シエラは、ギルドマスターに言われて気づいたりスクについて説明し、事前にそのことに考えが至らなかったことや、そのせいで、スミレにも危険があったかもしれないことなどを伝え、もう一度詫びた。

「……シエラさん、頭を上げてください」

シエラが頭を上げると、そこには真剣な表情をしたスミレの姿があった。

「シエラさん。私は、成人の儀を受けた後、ずっと、採取のお仕事しかできていません。この間だって、討伐のお仕事を受けて、森に入ったわけじゃないですし、師匠たちがいなければ、森に入ろうと思ってなかったと思います」

スミレの言葉を、シエラは静かに聞く。

「……でも、だからと言って、私自身、何の覚悟もなく、冒険者になったつもりはありません。それに、シエラさんから見たら、まだまだだと思うけど、私はもう、冒険者です。……なんにも考えずに、この間の提案を受けたわけじゃないです。ちゃんと自分なりに考えて、あの提案は受けたんです」

にっこりと笑うスミレに、シエラは、あぁ、と唇をかみしめた。

（私は、また……）

スミレに申し訳ないことをしたから謝罪をした、と思っていたけれど、それは彼女がここまできちんと考えた上で判断したあの時の判断を、何も考えてなかったよね？　と、私が言っているようなものではないか、と、シエラは今回の謝罪が、自分の罪悪感を少しでも軽くしたかっただけなのではないか、と自己嫌悪に陥った。

「……そんな顔、しないでください。シエラさん、また、私に失礼なこと言ったとか、思ってません？」

言われて、シエラは戸惑ったような顔をする。そんな彼女の表情を見て、スミレは苦笑した。

「ちゃんと、シエラさんの善意だってこと、わかってます。でも、シエラさん、いつも言ってるじゃないですか。冒険者は自己責任だ、って。もう、成人の儀をちゃんと受けた一人前なんです。いつまでも子ども扱いしないでください」

胸を張って言うスミレに、シエラは本当に、ごめんね、とまた謝ると、シエラは苦笑した。

「もう、ほんとに気にしないでください」

シエラはスミレに、ありがとう、と頭を下げた。

受付カウンターに戻ってきたシエラは、パシパシ！　と顔を両手で軽くたたくと、小さくよし、と気合を入れ、一心不乱に仕事を始めた。

「お、なんかちょっと復活した？」

戻ってきたシエラに気づいたルーが声をかけると、シエラは動かしていた手を止めて顔を上げ、苦笑いを浮かべた。

「あ、ルー。ごめんね、心配かけちゃった？」

そう答えるシエラの顔をまじまじと見た後で、ルーはにっこりと笑って頷いた。

「まぁねー？　さすがにあれは、誰だって心配になるわよ？」

「う、ご、ごめんね⁉」

シエラがしゅんとなると、ルーはからからと笑った。

「まぁ、いつものシエラに戻ったのならいいわ。ほら、冒険者たちも戻ってき始めたみたいよ？」

そういって視線をちらりと入り口の方へと移す。

三組ほどのパーティーが、ギルドの中にちょうど入ってきたところだった。

「さ、その様子だと、どうせ今日も残業確定でしょ？　きりきりと働くわよー！」

「ぐ、ぐぬぬぬ……」

ルーの言葉に、シエラは思いきり眉を顰めるも、反論ができずに小さく呻く。

「ほらほら。ギルドの受付嬢は笑顔が大事なんでしょ？　そんな顔しないしない！　あ、お帰りなさい。どうでしたか？」

ルーは担当の冒険者たちに声をかけ、持ち場へと戻っていった。

シエラはふぅ、と小さく息を吐くと、手元にある書きかけの用紙を片付けて、戻ってきた冒険者たちの報告受付業務に戻った。


翌日。

シエラは朝から、できる限りの仕事を終わらせると、壁にかかった時計に視線を移した。時刻が十二時を表示しているのを確認すると、カウンターの前に離席中の札を立てて、忘れ物がないか、本日三度目の持ち物チェックを行い、問題がないのを確認し、荷物を持って上着を羽織った。

「よし、それじゃ行ってくるね」

これから戦地にでも赴くかのような表情のシエラに、ルーは少し苦笑しつつも、頑張ってねー、とシエラとお供の二匹を見送る。

「あれ？　姐さん、今日何かあるんですか？」

シエラを見送っていたルーに、オーリが聞くと、ルーは笑って、第四ギルド、とだけ答えた。その言葉に、オーリは何かを悟ったような表情になりながら、シエラの後ろ姿に向かって、手を合わせていた。

「とにかく、今日は何が何でも、二人の講師申請の承認ハンコをもらわないとだめなの。だから、絶対に、絶対に！　大人しくしててよ？」

戦の前の腹ごしらえだ、と、広場にある、大盛り料理で有名な料理屋に入って、シエラはガツガツとご飯を食べながら、コーカスとトーカスに本日もう何度目になるかわからないお願いをしていた。

「シエラよ。そう何度も言わなくてもよいと言っているだろう？　もう、いい加減、聞き飽きたぞ？」

ため息混じりに、山のように盛られた野菜を食べながら、コーカスが言う。

「心配するなって。そもそも、今日は別に、何かと戦うわけじゃないんだろう？　ただ、シエラが話をするのに、俺たちがついて行って、顔を見せるだけ。それだけなんだろう？」

野菜スープをちびちびと飲みながら言うトーカス。

「少々、気負いすぎではないのか？　正直なところ、我等より、シエラの方がよっぽど心配だぞ？」

コーカスがちらりとシエラの方を見て言う。

「えぇ？　そ、そんなこと」

「あるぞ？　朝から何度も、カバンの中身をチェックしたり、書類を見返してはため息をついているし。少しは落ちつけ」

「うっ……」

コーカスの言葉通りの行動に心当たりがありすぎて、シエラは小さくため息をついた。

「だって……もしこれで、コーカスとトーカスの承認が下りなかったらと思うと……」

「そもそも、承認が下りなかったら何か問題があるのか？」

「え？」

トーカスの言葉に、シエラは思わず固まる。

「承認が下りなかったら、俺たちは寮にいられなくなるとか、そういうことがあるのか？」

「いや、えっと……そんなことはないよ？　そもそも、寮に関しては、別で申請上げて、承認をとってあるから、関係なくて」

シエラが答える。

「なら、承認が下りないことに何の問題があるのだ？　我らが街にいられなくなるわけではないのだろう？」

山のように盛られていたサラダを綺麗に平らげたコーカスが、お腹をさすりながら聞いてくる。

「承認が下りれば、我等はギルドに雇われることになり、給金も発生するということだったと思うが、承認が下りなかったとしても、我等は今まで通り、シエラとともに寮で生活をすることはできるし、休日にシエラに街の外に連れ出してもらえれば、狩りだってできるではないか」

「た、確かに……」

なんだか鶏に言いくるめられているみたいで、少し気持ち的に納得がいかないが、コーカスの言っていることは、間違ってはいない、とシエラは頷いた。

承認が下りなかった場合、シエラの休日は強制的に彼らの狩りの同行で潰れてしまう、ということに気づけていないあたり、シエラが相当パニック状態であることは証明されたが。

「だから、そう気負う必要はないだろう？　それに、今回承認が下りなかったら、今後ずっと、承認がもらえない、というわけでもないのではないのか？」

コーカスの言葉に、ハッとなる。

「そうそう。別に承認がもらえなかったからって、シエラがギルドから追い出されるとか、俺たちが殺されるとか、そういう話じゃないんだろ？　なら、今回ダメだったとしても、次また挑戦すればいいんじゃねぇか？」

目からうろこが落ちるとは、こういうことなんだろうか、とシエラは思わず二人を見つめた。

「まぁ、だから。お前はいつも通りのシエラで、承認もぎ取りに行けばいいんじゃね？」

野菜スープを綺麗に平らげ、野菜盛りも二皿完食し終えたトーカスが、びしっと翼を前に出して言った。

「ありがとう。でも……なんでだろう、なんか、すごい良いこと言ってくれてるのに、もやっとする」

「おい！」

シエラの言葉に、トーカスが怒る。

「あはは、ごめんごめん。冗談だよ。ありがとう、二人とも」

知らず知らずのうちに、承認をとらないと絶対にダメだ、と思い込んでいた。だが。二人のおかげで、それはただの思い込みであることに気づくことができた、と感謝するシエラ。

何度も言うが、承認が下りなかった場合は、彼女の休日はなくなるのだが。

「よし、お腹も膨れたことだし、行こうか、第四ギルドへ！」

シエラはそう言って、出口へ向かい、思っていたよりも高くついたお会計に、若干涙目になりつつも店を後にした。


「それでは、こちらへどうぞ」

受付で十四時からの会議で来たことを伝えると、受付嬢の一人が案内してくれた。

「ギルドマスター、第一ギルドのシエラさんがお見えです」

扉をノックして、彼女がそう伝えると、中から「どうぞ」という声が聞こえてきた。

「……失礼いたします」

会議室に通されると思っていたのに、まさか執務室の方へ案内されるとは思っていなかったので、少し緊張しつつ、扉を開けると、ショートヘアの金髪美人エルフの姿があった。部屋の主、ジェシカだ。

「来たわね？　そこに座って」

「はい」

ジェシカに促されるまま、シエラはソファーに腰かける。コーカスとトーカスも、ひょいっとソファーの上に飛び乗ると、シエラの隣にちょこんと座った。

「……今日呼ばれた理由は、ジェルマに聞いてると思うけど……そこの二匹が、例の申請の講師？」

ちらり、とコーカス達を見やるジェシカに、シエラははい、と頷いた。

「なるほど。バルディッドの言っていた通り、確かにコッカトリスのユニーク個体、しかも、二体とも、か」

何かを書類に書き込みながらつぶやくジェシカに、シエラは思い切って、あの、と声をかけた。

「ふ、二人とも能力は申し分なく、人とのコミュニケーションもちゃんと取れますし、きちんとこちらの命令も聞くことが可能な従魔です。人手が足りていない現状打開のためにも、ぜひ、申請の承認を」

シエラの言葉に、ジェシカは「あぁ」と苦笑する。

「ごめんなさい、勘違いさせてるみたいね。承認はもちろんするわ。純粋に、バルディッドの言っていた変わった個体を、直に見てみたかったから、今日は呼んだのよ」

「……え？」

思わず気の抜けた声が出る。

「シエラも知っていると思うけど、ここ、第四ギルドには主に研究を行う職員が多く所属しているでしょ？　中でも、バルディッドは、魔物や魔獣に関しては、自他ともに認める変態《天才》。その変態《バルディッド》が見たこともない個体を、しかも二匹も連れていたとなれば、この目で確かめたくなるのが人情ってものじゃない？」

くつくつと笑うジェシカに、シエラは顔を引きつらせる。

（ちょ、ちょっと待って……。え？　何それ、じゃぁ、今日ここに呼ばれたのは、単純に興味本位《二人を見てみたかった》だけってこと……？）

あれだけ緊張していたのは一体何だったのかと、力が抜けて思わず肩を落とすシエラに、なんとなく察したジェシカは、ごめんなさいね、と苦笑した。

「聞いた話では、ゴブリンの集落を壊滅させたのも、そこのコッカトリス達だということだけど……詳しい話を聞いてもいいかしら？」

ジェシカに言われて、シエラは気を取り直して、先日の出来事を、かいつまんで説明した。

「……ちょっと待て。コッカトリスが石化の魔法を使うことは知られているけど、雷魔法も使うですって？」

最後まで説明したところで、ジェシカがシエラに聞く。

「はい、使ってましたね。……え？　そんなにおかしいことなんですか？」

シエラが聞くと、ジェシカは本気で言っているのか？　という顔をして、ため息をついた。

「コッカトリスに関して言えば、石化魔法を使用しているところしか、確認された事例はないわ。他の属性魔法まで使えるのであれば、通常状態であったとしても、Bランクには荷が重すぎる」

「あぁ……確かにそうですね。私も、ランク変更は検討したほうがいいのでは、と思ってました。ただ、魔法を使用しているところを見たのは、この二人だけなんです。他のコッカトリス達は……まぁ、私自身は付き合いがないので知りませんが……」

そう言って、ちらりとコーカスを見ると、コーカスが口を開いた。

「我やトーカスが特殊なだけで、基本的に通常個体のコッカトリスで、我等のように石化以外の魔法を使うものはたぶんいないと思うぞ？」

「そうなの？」

そういえば、ちゃんと聞いたことなかったな、と思いながら、シエラは続きを聞く。

「あぁ。ただ、我等のように進化した個体になると、使える魔法は何も雷に限った話ではなくなるがな。火や水、毒を使うものもいれば、精神攻撃魔法を使う個体もいたはずだ」

「え、何それ。ほ、ほんとに……？」

その話が事実なら、コッカトリスというくくりだけでランク付けしている現状は、少々まずいことになる。

「ちなみに、俺は、雷の他に、精神攻撃魔法と火魔法も使えるぞ？」

ドヤるトーカスを見て、シエラは目を見開いた。

「え……!?　う、嘘でしょ!?　知らないんだけど!?!?」

思わず立ち上がるシエラに、トーカスは首を傾げた。

「え？　知らなかったのか？」

「聞いてない……」

「ちょ、ちょっとあなたたち⁉」

驚いた様子のトーカスに、シエラが叫ぶ。

が、そこにジェシカが割って入った。

「意思疎通ができるとは聞いてたけど……ちょっとまって、そんなにちゃんと会話ができるの⁉」

ジェシカはバタバタと近づいてきたかと思うと、ガシッとコーカスをつかみ上げる。

「喋ることができる魔物の話は聞いたことがあったけど、こんなにしっかりと会話が成立するなんて、龍種以外じゃ聞いたことないわよ⁉」

「「「ひっ‼」」」

シエラ達は思わず小さく悲鳴を上げる。

ジェシカの目が、まるで長年の獲物を見つけたかのように鋭い光を放ち、本人からあふれ出るオーラは、コッカトリスである二匹ですら、恐怖を覚えるほどだった。

「この子、第四ギルドに譲ってくれない⁉」

「「はぁ⁉」」

ジェシカの言葉に、思わず声が出るコーカスとトーカス。シエラは何を急に言い出すのかと、思わずぽかんとなる。

「ダメなら、あなた、第四ギルドに移ってこない⁉」

今度はシエラの肩をつかみ、ぶんぶんと揺さぶりながら言う。

「いや、それは……」

「ジェルマにはこっちから言っておくから！　ね、いらっしゃいな！」

顔をひくひくとさせながらも、ジェシカの目を見たらたぶん、了承してしまう《やられる》気がしたので、シエラは必死で視線を逸らす。

「そ、その、私の一存では何とも……というか、その、第一ギルドが気に入ってますし、あの、えと……」

もごもごとしていると、コンコン、とドアをノックする音がした。

ジェシカがチッと舌打ちしながら、取込み中よ、と答えると、ドアの向こうから、聞き覚えのある声が聞こえてきた。

「万が一と思ってきてみれば……人のギルドの職員を、上司のいないところで勝手に勧誘してんじゃねーよ」

「ジェルマさん!!」

開いた扉の方を見ると、そこには見慣れた顔の上司の姿があった。

(今、この時だけは感謝するわ、神様!!)

普段から信じてもいない神にありがとう、とシエラは心の底からの感謝を捧げる。

「杞憂であってほしかったが、お前はやっぱり変わってねーなぁ……」

呆れ顔で部屋の中に入ってくると、がっしりとシエラの肩をつかんでいたジェシカの腕をつかむ。

ジェシカは、少しムッとした表情で、ジェルマの方を見た。

「何の用？　今、忙しいって言ったでしょ？　……あ、ていうか、ちょうどいいわ。シエラちゃん、第四ギルドに頂戴よ。コッカトリスをテイムしたんだし、第一ギルドよりもうちの方があってるでしょ？」

「ざけんな。こいつが抜けたらうちのギルドがますます回らなくなるだろうが」

バチバチっと二人の視線の間で火花が起こる。

モルトにある四つのギルドには、それぞれ特色のようなものがある。

第一ギルドは、冒険者たちの入り口ともいわれるギルドで、冒険者の育成に力を入れており、初めての冒険者登録はほとんどの人間が、第一ギルドで行っているほどだ。

第二ギルドは、迷宮《ダンジョン》探索特化型と言われていて、迷宮《ダンジョン》探索に必要な知識やスキルの会得サポートを行っているので、中堅以降の冒険者や、迷宮《ダンジョン》探索専門冒険者が数多く所属している。

第三ギルドは、護衛や治安維持に力を入れていて、将来の騎士を目指す人たちの多くが、このギルドに所属して、腕を磨いている。

第四ギルドは、主に研究者肌の人間が多く、分野は様々であるが、その道のエキスパートたちが主に属している。バルディッドをはじめとする、魔物学者たちも多く所属していることもあるから、職員自身が魔物や魔獣をテイムしている人も多い。ただ、そのせいか、俗に変人奇人と呼ばれる類の職員もかなりいる。

「お前、さてはコッカトリス達に素材なんかの調達をさせようとか思ってるだろ」

「何よ、できるんだからさせればいいじゃない。講師なんかさせるよりそっちのほうがよっぽど簡単だし、ギルドの利益にもなるわ」

「馬鹿言ってんじゃねーよ。冒険者が育てば、素材の調達ができる人間が増えるだろうが。将来的に言えば、そっちのほうがギルドの利益になるだろうが」

「はぁ？　そんなの、いつになるかわからないじゃない。大体、育ったからって素材の調達をそもそも受けてくれるかわからないし、モルトにずっといるかどうかもわからないじゃない。冒険者たちはみんな、一度は王都に憧れるものよ？　せっかく育てたのに、王都に行かれたら意味ないじゃない！」

　ギャーギャーと言い合いを始めるジェルマとジェシカ。二人の様子に、シエラは呆然となりながらも、顔を引きつらせる。

（……こ、こんな会話、冒険者の人たちに絶対に聞かせられない……！）

　シエラは思い切って、あの！　と声を上げた。二人の言い合いがピタッと止まり、視線がシエラの方へと移る。

「シエラちゃんはどうなの!?　こんなののギルドなんかより、うちの方がいいわよね!?　うちは残業は少ないわよ!?」

「あ、てめぇ！　おい、シエラ！　こんな奴の所より、今のままでいいよな!?」

　思わずジェシカの、残業が少ない、という言葉に目を輝かせるシエラだったが、コホンと咳ばらいを一つして口を開いた。

「ジェシカさん直々のお誘いで、大変光栄ではありますが、私は、第一ギルド所属のままがいいです」

勝ち誇ったような表情でどや顔をするジェルマと、信じられない！　という絶望に近い表情を浮かべるジェシカ。

「残業が少ない、って言うのはとても魅力的なお話ではあるんですが……なんか、コーカス達とこっちに異動してきたら、コーカス達にしかできない依頼が増えて、その分結果的に残業が増えそうで嫌なんですよねー……」

ポリポリと頬を掻くシエラに、そんなことは！　とジェシカが反論する。

「無理のない範囲でしかお願いしないわよ！」

その答えの時点でだいぶ信用ならないんですが、と顔を引きつらせるシエラ。

「……例えば、どういうことをお願いしようと思ってます？」

シエラが聞く。

「そうね、今ちょっと必要になってるのが、シーサーペントの鱗とキングバトラコフロッグの毒袋、後は……」

「いや、もういいです、大丈夫です……」

ジェシカの口から出てきた、シーサーペントも、キングバトラコフロッグも、どちらも討伐推奨ランクはAランクの魔物たちであり、しかもそう簡単に遭遇もできない魔物たちだ。

「とりあえず、異動したら確実に残業（というか下手したら出張まで）増える気がするので、丁重に、お断りさせていただきます。それに、まだ死にたくありませんので」

にっこりと笑い、頭を下げるシエラ。ジェシカがそんなぁ、と懇願してくるが、ここで気を許しては絶対にいけない！　と、ニコニコと笑顔を浮かべたまま、シエラは黙ってジェシカが諦めるのを待った。

「ジェルマさんが来てくれて、助かりました」

あの後、シエラを説得しようとジェシカが必死になっている隙に、ジェルマが彼女の印鑑を勝手に取り出し、承認印を書類に押したことにより、正式にコーカスとトーカスの第一ギルドでの講師採用が承認された。

こんなの無効よ！　とジェシカは叫んでいたが、コーカス達がさっさと終わらせないと二度と会うことすらしない、という最強の一言を放ったことで、ジェシカは泣く泣く、諦めてくれたのだった。

「あいつはなー、昔っから自分が気に入ったものは是が非でも手に入れようとする癖があってなぁ」

冒険者時代にも、古い魔導書が残されているという遺跡の噂を聞けば、依頼そっちのけで遺跡探索に出かけたり、珍しい魔道具が売りに出されていると聞けば、自身の身に着けている最高ランクの防具を売り払って購入しようとしたりしていた、という話をしてくれた。

「あー……なんか、ちょっと想像できますね……」

「だろ？　結構苦労したんだぞ？」

そんなジェシカに付き合いきれない、とパーティーを離脱する仲間もいたりでAランクに上がるのにずいぶん苦労した、と苦笑いしながら教えてくれた。

「まぁ、悪い奴ではないんだ」

「わかってますよ」

本当に、自分本位の自己中心的な人間であれば、そもそもギルドマスターを任されたりしない。なんだかんだでフォローするジェルマに、シエラはくすくすと笑った。

「でもよかったです。とりあえず。これでコーカス達も講師としてジャンジャン働いてもらえますしね！」

うんうん、と嬉しそうに頷きながらシエラが言うと、ジェルマがそうだ、と思い出したように声を上げて、シエラの肩をポンと叩いた。

「承認はこれで下りたんだがな？　登録のための、能力査定が必要だから。お前、ちょうど明日休みだろ？　ちゃちゃちゃっと森にでも行って、査定してきてくれ」

「は!?」

思わず立ち止まり、眉間に深い縦皺を刻むシエラに、ニカっと笑って白い歯を無駄にきらりと輝かせて見せるジェルマ。肩に置かれたのと反対側の手は、グッとサムズアップされている。

「ちょ、ちょっと待ってください。それってせめて休日出勤扱いになりますよね!?」

ジェルマの言い方が引っ掛かり、思いきり眉を顰めながら聞くシエラに、ジェルマは首を傾げた。

「いやいや、ならねーよ？　だって、査定結果がいるのはコーカス達の都合だ。うちとしては、査定結果が提出されなかったら、働いてもらえないよってだけだろ？」

嘘だ、と小さく呟くシエラ。

「まぁ、本来は採用承認申請の前段階で必要になる書類なんだがな？　今回はほれ、特殊例ってことで、先に承認だけ済ませた形になっちまってるからちょっとおかしなことになってるわけで。まぁ、お前が、コーカス達が働くのがまだ先になるのでもいいって言うのなら、先延ばしでもいいぜ？　仕事調整して、時間作《有休使》って行ってきてもいい」

ジェルマの言葉に絶句する。

「あぁ、お前そういえば、有休溜まってるもんなー。ここらで消化するのもいいんじゃねぇか？　あ、でも、来月の有休申請の期間は過ぎてるから、再来月になるから、まだまだ先の話になるなー」

あははは、と笑うジェルマに、シエラは目をギラりと光らせると、ドス！　と思いきり腰をひねって重たいパンチを、ジェルマのお腹に打ち込んだ。

「ぐふ！」

無防備に笑っていたところを殴られ、思わずその場に崩れ落ちるジェルマ。シエラはフルフルと握っていたこぶしを震わせながら、ふざけんなー！　と大声で叫んだ。

書き下ろし番外編1

業務改善は一日にしてならず

ギルドの受付業務で一番多い仕事は、冒険者が依頼を受ける際の受付業務と、その完了報告の受付業務である。

依頼の受け方は大きく分けて二つあり、依頼板と呼ばれる場所に張られている依頼書を自分で選んで受付嬢に渡して受付処理してもらう方法と、直接受付嬢に自分にあった依頼を探してもらい、斡旋してもらうという方法だ。

昔は、この受付業務を複数人で同時進行で行ってしまうと、依頼を受ける冒険者が重複してしまうことがあったりしたため、対応は必ず一人のみ、というルールが存在していたのだが、そうすると、どうしても受付作業に時間がかかってしまい、クレームに発展する、ということが多発していた為、とあるギルドで採用された方法を、今ではどのギルドでも採用するようになっていた。

その採用された方法というのが、依頼のリスト化と、受注処理を行った際にリストへ記載すること、そして、受注処理前に必ずそのリストで、他の人がすでに処理を行っていないかのチェックをする、というものだった。

「ヤマトさん、お待たせしました。ブルーバトラコフロッグと、通常種のバトラコフロッグの討伐依頼、どちらもまだ受注されていませんでしたので、このまま受注処理進めさせていただきますね」

シエラがヤマトが選んだ依頼がどちらもリスト上で未処理状態になっていたのを確認し、そのことを『腹ぺこ冒険者』のリーダー、ヤマトへ伝えると、ヤマトはお願い、と頷いた。

シエラは書類を三枚取り出して、依頼書にふられている依頼番号をそれぞれに記載し、受付処理を行う。三枚ともヤマトに渡してすべてにサインをもらったら、内容を確認し、控えをヤマトへ渡した。

「それでは頑張ってください。お気をつけて、いってらっしゃい」

シエラは『腹ぺこ冒険者』達がギルドを後にするのを見送ると、手元に残っている二枚の書類を引き出しの中の対応中箱の中にしまい、依頼リストに記載されているそれぞれの依頼の横の対応中欄に、シエラの判子をポンポンっと押していった。

「なぁ、この受付作業ってよ、魔道具とか、なんかそういうのでパパっとできるように出来たりしねーの？」

ふぅ、と肩を揉みながらシエラが一息ついていると、トーカスがカウンターの上にちょこんと乗ってきて聞く。

「魔道具でパパっとって……どうやって？」

トーカスの言う内容が全く想像が付かなかったので、シエラが首を傾げながら聞き返すと、例えば、魔法板を置いておいて、その中に受付システムを構築させ、そのシステムを使って、その中に保存している依頼を冒険者が自分で選んで受付処理を完了させてしまう、って感じなんだけど、とトーカスが説明すると、シエラは、そんなことが出来たらとっても便利になりそうねー、と苦笑しながら答えた。

「なんだよ、出来たら良いなって、シエラも思うだろ？　何事もやってみないとわからねーじゃん」

シエラの反応に少しムッとしたトーカスが言うと、シエラはそうだね、と頷いた。

「でも、それをするとなると、まずはすべての依頼を魔法板の中に漏れなく保存させることと、随時更新することが最低条件になるでしょ？　かつ、同じことができる魔法板が複数……そうね、最低でも三つは欲しいかな。それらが常に連携された状態で、内容も同じ状態にしないといけないわけだから、たぶん、相当量の魔石が必要になってくるのよね。で、その状態を常に維持し続けないといけないってことを考えると、どうしても受付嬢が対応する方が安くあがるから、承認が下りないと思うんだよね」

シエラの言葉に、トーカスは世知辛い、と呟いた。

「まぁでも、今の受付業務もね、だいぶ簡素化されたんだよ？」

「え、これで簡素化してんのか？」

驚くトーカスに、シエラはくすくすと笑った。

「私が受付嬢になったばかりの頃は、もっと手間がかかってたんだから」

シエラが十二歳になって成人の儀を受けたその日、そのままの足で、ギルドへ行き、最初は職員の業務補助として雇われた。翌日から朝七時に出勤してくるように言われたシエラが、最初に仕事としてやったことは、受付にかかる書類対応全般だったのだが、この書類対応というのが、今と比べ物にならないほど種類があったのだ。

「まず最初に、冒険者から職業プレートを受け取って、内容をチェックするんだけど、チェック用紙の項目を確認して、全部確認を終えたら、確認した職員がサインをして、プレートを返却。ちなみに、ここでチェック項目内容がプレートで確認できなかった場合は、口頭で確認して、その内容をギルド職員が追記する。で、依頼を何にするかを決めてもらうんだけど、その前に、今から案内する依頼内容に関して、受注するしないにかかわらず、知りえた情報すべて口外しないって言う誓約書にサインしてもらうの。で、相手がサインしたら、依頼をいくつか案内して、選択してもらう。依頼が決まれば、受注業務に移るんだけど、失敗した場合のペナルティーが設定されている依頼の場合は、本人の他に、別の人に保証人のサインをしてもらう必要があって、その場合は受注者、保証人、ギルド、依頼主の四つ、書類が必要になる。で、さらに、パーティーで受注する場合は、パーティーメンバーとして、誰が同行するとかっていう内容の書類も書いてもらって」

「も、もういい。お腹いっぱいだわ」

一体、何種類の書類が出てくるんだよ、とトーカスはげんなりした声を出す。

「ね。私も最初の頃は、その書類全部書いてもらわないといけないって聞いてたから、それが当たり前だと思ってて、何の疑問も持たずに全部せっせとサインしたり、してもらったりしてたんだけど」

シエラは当時のことを思い出して、思わず小さく笑った。

「働き始めて一年が経ったときにね？　サインしてもらった書類の大半をぜーんぶゴミとして焼却処分してるのを見て、あのサインもらったのは何の意味があったの⁉　ってなってさ。それから、一つ一つ、書類それぞれ、なんで必要なのか、何に使ってるのか、確認してってたら、今の形になったってわけなのよ」

はぁ、と思わず声を漏らしたトーカスは、信じられない、と頭を振った。

「何も知らない時に、最初に教わったことって、絶対にそれが正しいことなんだって、もう無条件に信じちゃってるから、何の疑問にも思わないもんなんだよね。でもさ、それだけの書類を書いてるってことはそれだけ時間がかかってるってことなのに、あっさり捨てられちゃうんだよ？　あの時の衝撃は、ほんと、今でも覚えてる」

ケラケラと笑うシエラに、トーカスは笑い事じゃなくね？　と首を傾げた。

「それでもやっぱり、最初はすっごい反発があったみたいだし、まぁ、今の形に持っていけたのは、運が良かったっていうのも、あるかもしれないかなぁ」

シエラが最初に勤めていたギルドは、田舎町にある小さなギルドで、職員の総数も片手で数えられるくらいしかいなかった。周りに特に大きな町があるわけでも、観光名所があるわけでもなかったので、そもそも、冒険者の数も少なく、いつもと代わり映えしない面々が、数日おきに現れる、という程度だったので、一年間、シエラも疑問に思うことなく作業をしていたのだが。

「ホップって町にある小さなギルドだったんだけどね？　働いてたそこのギルドマスターに、試しにこれとこれの書類削ってみて、問題がおこるかやってみたいって言ったら、楽になるならなんでも良いよってことで了承をもらって。で、実際やってみたら、何の問題もなくって。しかも、そのおかげで、全員の残業時間が二割くらい減ったのよ」

さらに一年、それを続けてみて、問題が起こるかどうかを検証してみた結果、問題が全く発生しなかったわけではなかったものの、書類をもらっていても発生したであろう内容であったこともあり、受付業務で作成する書類は、今の状態まで減らしても問題ないって結論に至った、ということだった。

「あの時のギルドマスターには、ほんと感謝されたわー。特別賞与が出たとかで、ご飯奢ってもらったんだよね」

うきうきした様子で当時のことを思い浮かべながらシエラがいうと、トーカスは、え？　と首をまた傾げた。

「ご飯奢ってもらったって、シエラには特別賞与《ボーナス》出なかったのか？」

トーカスの言葉に、まさか、とシエラは笑って答える。

「ちゃんともらったよー？　二年目にしては信じられないくらい！　まさかの、銀貨三十枚！」

あれは嬉しかった、とうっとりしながらいうシエラに、トーカスは、なんとも言えない表情を浮かべる。

（……あれ？　いやいや、銀貨三十枚って、三十枚って聞いたら多いと思ったけど、よく考えたら中銀貨三枚分だよな？　シエラの給料って、一か月で中銀貨二十枚分じゃなかったっけ？　当時もうちょっと安かったとしても、他《よそ》のギルドの受付方法もそれに合わせるくらいの大幅改革しておいて、ボーナスがたった中銀貨三枚分って、エグくないか……？）

とはいえ、本人が気にした様子がないのであれば、態々《わざわざ》突っ込む必要はないよな、と思ったトーカスは、良かったな、とだけ呟く。

「でもま、トーカスが言ってたような仕組みがもしできれば、当時以上に業務改善ができるわけだし、また何かあったら、ジャンジャン言ってね？」

（とりあえず……十二歳の頃のシエラは、子供がお年玉で紙幣一枚もらうより、小銭五枚もらった方が喜ぶあの感覚だったんだな、とか思ったことは、黙っておこう）

シエラに言われて、トーカスは生暖かい眼差しを彼女に向けながら、わかった、と言って頷いた。

書き下ろし番外編２

スキルについて

「ねぇねぇ、そういえば、みんな今年のスキルチェックってもう終わった？」

ギルドの受付カウンターの中で、少し人が落ち着くお昼下がりの時間帯、ルーが一枚の紙を見つめながら、書類の片付けをしているオーリや、地図の補充をしていたアミットに話しかけた。

「あ、私は昨日終わらせたっす！　複写が漸く、レベルが一つ上がってたっす」

嬉しそうに答えるオーリに、アミットは私はまだ、と肩を竦めながら答えた。

「どうせ、業務してる程度じゃそうそうレベルなんて変わらないじゃない？　正直、もう、これ以上は上がる気してないし」

アミットの言葉に、ルーはそうだよね、と頷いた。

「……でも、シエラ姐さんは、受付嬢になってから、あのスキルを取得して、今のレベルまで成長したって言ってませんでしたっけ？」

オーリがふと、思い出したように言う。

「……そういえば、あの子のスキルレベルは正直おかしいわよね」

ルーが言うと、アミットも頷いた。

「鑑定のレベルがマックスって……普通に受付嬢をやってるだけじゃ無理よね？」

「そういえば、今、隠密も持ってるっすよね？」

オーリの言葉に、ルーとアミットはお互い顔を見合わせた。

「そもそも、隠密を持ってる受付嬢ってどういうことよ」

ありえなくない？　とルーが呟くと、確か、と言ってオーリが答えた。

「ジェルマさんから逃げてたら、取得したって言ってたっすよ」

「「は？」」

思わずルーとアミットの声がハモった。

「ジェルマさんって、一人で飲むの嫌で、いっつも誰かを誘ってるじゃないっすか。一時、シエラ姐さんがちょうど帰る時間がかち合うことが多かった時があって、そのたびに捕まって連れてかれてたんっすけど、それを避けるために、気配の消し方とかを確か猟師の人に教わったりしてて、気づいたら隠密のスキルを取得してたって言ってたっす」

「「………」」

オーリの言葉に、思わず二人は言葉を失った。

「さすがシエラ姐さんっすよねー」

「いや、待って。別に断わればいいじゃない。行かないって」

「隠密のスキル取得するより、そっちの方が断然簡単じゃない」

感心したようにオーリが言うと、思わず二人が突っ込みを入れる。

「いやー、あいつさ、押しに弱いから、断われねーんだよ」

「「「ジェルマさん!?」」」

元凶の登場に、三人は思わず慌てる。

「まぁ、俺もあんまり強引に誘うのは良くないなってわかってるんだけどよー。なんだかんだであいつ、飲みに連れてったら、ちゃんと付き合ってくれるんだよー」

ケラケラと笑いながらいうジェルマに、ルーは、面倒なのに気に入られて、可哀そうに、と心の中で呟いた。

「ちなみに、あいつ隠密のスキル取得したっぽい時期、俺から上手く隠れるようになってたんだけどよ、まぁ、俺の索敵レベルの方が上だから、ちょっと見つけにくい、くらいにしかなってなかったんだよ」

正直、元Sランク冒険者に、ちょっとでも見つけにくいと言わせることができる受付嬢ってなんだ、とアミットは思ったが、ジェルマはそんなアミットの表情に気づくことなく続ける。

「で、面白いから、暫くシエラを優先的に誘ってみてたら、あいつ、まさかの隠密と索敵のスキルが上がってきてな。どこまでいけるか試してみようかと思ってたんだが、フィノに、ホントに一緒に呑んでくれなくなるかもしれないから、そこまでにしてあげて、って言われたんで、そっからはまた、まんべんなく声かけるようにしたんだよ」

「酒場の看板娘の一言がなかったら、どうなってたんだろ……」

「ていうか、ジェルマさんに言うこと聞かせられるフィノって凄い……」

「シエラ姐さん、どこまでいけたのか、ちょっと見てみたかったっす……」

一人だけ凄く残念そうに呟いたオーリに、ルーとアミットは、この子も大概ね、と思わず一歩下がった。

「まぁでも、鑑定なんかに関しては、元々あいつが持ってたスキルだし、モルトのギルドに来てからマックスまであがったからな。お前らも頑張ったら上げれるはずだぞ？」

ジェルマの言葉に、三人はうっと呻くと、視線をジェルマからそらした。

「ルーは真贋がまだレベル一だろ？　こいつはもうちょっと、上げたほうが良いな。あと、鑑定ももうあと一つで五に届くんだ。シエラや鑑定道具に頼ってばかりいないで、自分でもドンドン鑑定していけ」

「いやいや、真贋なんてなかなかレベル上がらないですよ。そもそも、真贋のスキルを取得するのもやっとだったのに」

ブーブーとルーが不満を漏らすと、ジェルマは受付嬢の必須スキルだろ、とぴしゃりと言う。

「そもそも、真贋のレベルを二以上にしないと高額依頼なんかの契約書対応ができねーんだから困るって前から言ってるだろうが」

真贋というスキルは、その名の通り、本物と偽物とを見分けるスキルであり、このスキルレベルが高ければ高いほど、偽造品や改竄《かいざん》品を見破ることができるので、特に、高額な依頼を受ける場合には、契約書がそういった偽造や改竄されていないか、あるいは、そういった類の悪意ある魔法が施されていないか等をチェックする必要があるため、受付嬢にはこの真贋のスキル取得が必須である、と言われている。

「真贋は取得しただけじゃ話になんねーからな。レベル一なんて、まだまだ素人に毛が生えた程度だ」

レベル一では、なんとなく、相手が嘘をついているのがわかる程度、といったもので、書類の偽造なんかはまだ見破れないことが多い。レベルが二になれば、ある程度の偽造を見分けることができるようになり、レベル三になれば、一般に出回っている美術品なんかでも物によっては贋作《がんさく》を見抜けることができるようになり、書類関連に関しては、相当高度な魔法がかけられていない限り、手が加えられているものはわかるようになる。

「オーリは、そうだな……鑑定と真贋は基準以上になってるからな、頑張って複写のレベルを上げるのと、マッピングも覚えられるように頑張ってみろ」

「ま、マッピングっすか……」

正直なところ、受付嬢でマッピングって、いつ使うというのか、と思い、不満の声を上げる。

「マッピング覚えたら、自分でマッピングした地図を複写で紙に写せるようになるだろ？　で、さらにそこから、今の地図と見比べて、違いがどこかってのをチェックしていけるようになるからな。今、そのあたりの業務は、シエラとアミットが確かメインでやってるだろ？　そっち方面がオーリは弱いからな。今年はそれを目標にしてみろ。なんだったら、シエラと野営訓練でもしてきたらいいじゃねーか」

「シエラ姐さんと野営訓練は、確かに楽しそうっす！　ちょっと今度誘ってみます！」

絶対、それ、シエラは嫌がるやつじゃない、とルーは思ったが、口には出さなかった。

「アミットはー……まぁ、そうだな、スキルレベル上げるよりも、人材育成の為に、人への教育の仕方をもうちょっとできるように頑張ってくれ」

「教育、ですか……」

一番苦手なやつだわ、とアミットは小さくため息をついた。

「せっかく、魔法が得意だってのに、お前の教え方は抽象的過ぎて伝わらないというかなんというか……感覚で喋っても相手にはほぼ伝わらねーからな。ちゃんと、もう少し言語化ができるようになってくれ」

ジェルマの言葉に、アミットは少しムッとした表情を浮かべた。

「言語化って……それなら、ジェルマさんだってちゃんと教える時は言語化してくださいよ」

「俺か？　俺はちゃんと言語化してるだろ？」

ジェルマの言葉に、三人は目を丸くした。

「ジェルマさんが一番、言語化できてないと思うっす！」

「いっつも説明の時は擬音が混ざってくるじゃないですか！　バーンってするとか、ドーンって感じ、とか！　だから、ジェルマさんの講習、受けた後の冒険者のリピート率、元Sランク冒険者の講習なのに、低いんですよ！」

「真贋に関しての説明受けた時だって、偽物はピンとくる、とか、もやっとした感じがする、とか、そんな説明しかしてくれなかったじゃないですか！」

三人からの想定外の猛反発に、ジェルマは少したじろぐ。

「そ、そんな、そこまで言うほどじゃないだろ⁉」

「「「そこまで言うほどです！」」」

三人が声をハモらせて言う。ジェルマはショックのあまり、がっくりと肩を落として落ち込んだ。

「……よく考えたら、ジェルマさんの講習の内容、結局よくわからないって受付で言われて、シエラが内容を丁寧に教えてるよね」

ルーが言うと、確かに、とオーリが頷いた。

「しかも、ジェルマさんの講習は、元Sランク冒険者の講習な分、講習料金が高いっすけど、シエラ姐さんは受付嬢なんで、講習の受講料がぐっと安くなるんすよね」

「講師指名をつけたとしても、受付嬢だから、指名料は銀貨一枚だからね。ジェルマさんなんて、指名料が中銀貨一枚に跳ね上がるんだもん」

アミットの言葉に、三人は納得したように頷いた。

「あの子自身が望んでなくても、なまじスキルや知識、人に教えるのが上手なせいで需要が高まるから、勝手にそういったスキル関連が上がっていっちゃう仕組みが出来上がっちゃってるんだわ」

ルーの一言に、二人は頷いた。

「まぁ、そのなんだ。とりあえず、あいつの希望の定時上がりを実現させてやるには、あいつの負担を減らす必要があるんだが、現状として、個人の能力を上げないことにはシエラに集中しちまう状況の改善ができないからな。依頼者《おきゃく》がちゃんと、他も希望してくるよう、頑張ろうぜ」

「……ジェルマさんも、中銀貨一枚分はちゃんと働けるようになってくださいよ」

「善処する……」

シエラが定時上がりできるようになるのは、まだまだ先になりそうだ、と、四人は心の中で彼女に謝った。

あとがき

はじめまして。まきろんと申します。

（ちなみに、消毒液のような殺菌作用は、残念なことに持ち合わせておりません。むしろどちらかというと、菌には弱い方です。ご期待に添えず申し訳ない。）

この度は、『ギルドの受付嬢は定時上がりの夢を見る』をお手に取ってくださり、ありがとうございます。

さてさて、ギルドの受付嬢は定時上がりの夢を見る、はいかがでしたでしょうか？

え？　シエラが全然定時で上がれていないじゃないかって？

そうですねぇ……まぁ、だって仕方がありません。夢は見るものであって、そう簡単に叶うものではありませんので……（言っててちょっと辛くなってきたぞ……？）。

なんて、まぁ、冗談はさておき、私は（もちろん）定時に上がらせてあげたいな、と思っているのですが、なぜかあれこれと厄介事やら面倒ごとやら問題ごとやらが次から次へとシエラの元にスキップや猛ダッシュしながらやってくるものでして。

なんだかんだで、解決・処理ができてしまう人の元には、そういった問題ごとって、近寄ってくるもんなんですよねぇ（本人に言ったら怒られますのでもちろん言いません！）。

厄介事というやつは、きっと、そういった何か『におい』のようなものを嗅ぎつけてきっと近づいてくるんだと思いますので、皆さまもお気をつけくださいませね？

【明日は我が身】

なーんて言葉もありますし。

……はっ…………!?

もしかしたら、貴方のすぐそばまで、残業（ヤツ）が近づいているやも……。

なんか最近、妙にトラブルが続いてるな、とか、妙にあれこれ問題ごとを任されてる気がするな、という方がいらっしゃったら、それはたぶん、シエラ化の第一段階だと思いますので、思い切ってお休みしてみることをお勧めします。何故なら、シエラ化が次の段階まで進んでしまうと、ある日突然、鶏が押しかけてきて、家に居座ってくる可能性がありますので、十二分にお気を付け下さい（もはやホラーです）。

……まさか……いらっしゃらないとは思いますが、もし、お仕事せずに読んでる、とかでしたら、一旦、本閉じてお仕事してくださいね？　それ、残業の元ですぜ？？（ここまで読んでたらもう、手遅れだと思いますが……合掌）

最後に、この本を手に取り、最後までお付き合い下さいました皆様、ＷＥＢ版から応援してくださっている皆様、この本に関わってくださった皆様に感謝を込めまして。本当に、ありがとうございます。

私は家に鶏が居座ってこられたら困る派ですので、それではこの辺で。

また次巻でもお会いできれば嬉しく思います。

次巻予告
今日はお休みの日
だったんだけど!?
すべての定時に帰りたい人へおくる、
トラブル引き寄せ受付嬢のお仕事奮闘記!!
第2巻2024年秋発売予定!

まずは急ぎ、
巣穴まで向かう
ことにしよう！
コカトリスを率いて！
いざ、巨大蟻の
魔物駆除へ！
ギルドの受付嬢は定時上がりの夢を見る
まきろん
illust れんた

TOブックス
コミカライズ
連載最新話が
読める!!!!
「本好きの下剋上」をはじめとする
TVアニメ化作品盛りだくさん!!

漫画配信サイト
CORONA EX
コロナEX
TObooks
2nd Anniversary
詳しくはこちら!!
https://to-corona-ex.com/
2周年!!

ギルドの受付嬢は定時上がりの夢を見る

2024年6月1日　第1刷発行

著　者　まきろん

発行者　本田武市

発行所　TOブックス
〒150-0002
東京都渋谷区渋谷三丁目1番1号　PMO渋谷Ⅱ　11階
TEL 0120-933-772（営業フリーダイヤル）
FAX 050-3156-0508

印刷・製本　中央精版印刷株式会社

ISBN978-4-86794-189-8